AF436008

# mayfair
## a manhattan

susanna barbaglia

#readingwithlove

© 2021  #readingwithlove

Seguici su Facebook (Reading with love), Instagram
(readingwithlove_official) e sul nostro sito
www.readingwithlove.it

*Ancora a Bambù,*
*che vive sempre nel mio cuore*
*e rivive in Mayfair.*

*E a Mario,*
*che crede nei miei sogni.*

**1**

*Click. Click.* Due scatti, per sicurezza. Senza flash, naturalmente. Percettibili soltanto a lei e alle sensibilissime orecchie della cagnolina, subito vigili. Infilò in tasca la vecchia Minox, si aggiustò il cappello impermeabile e passò alle spalle dell'uomo che era impegnato a lottare con uno sportello Bancomat fuori servizio, ignaro di lei e del suo diabolico progetto.

Prima di girare l'angolo fra via Moscova e corso di Porta Nuova sbirciò ancora una volta il suo bersaglio.

*Ti ha appena sfiorato un'assassina, caro Tonolli,* pensò con un sogghigno.

Autodefinirsi assassina le procurava ogni volta un piacere quasi fisico. Perché sapeva di agire secondo un disegno preciso del destino, secondo una volontà superiore. Prova ne era che uccideva da molti anni eppure non era mai stata sfiorata dal minimo sospetto. I suoi erano delitti perfetti perché il suo rigoroso ordine mentale ogni volta coincideva esattamente con la sua assoluta logica omicida.

Ora era giunto il momento della sfida estrema: la stupida giustizia umana, inquinata dal malcostume, avrebbe dovuto soccombere al suo potere, si sarebbe dovuta finalmente piegare alla sua forza morale. E così avrebbe dimostrato di essere l'essenza stessa di un Angelo Vendicatore moderno.

Anche la scelta di svelarsi a Carlo Tonolli le era stata offerta dal destino. Sfidare la polizia sarebbe stato più rischioso, meno divertente e soprattutto scontato.

Talvolta ci aveva pensato, certo. Ne sentiva l'esigenza psicologica e ne aveva avuto spesso la tentazione mentre osservava sfarfallare commissari e poliziotti da un indizio all'altro, senza riuscire a trovare il capo del filo che conduceva diritto a lei.

Da tempo si stava addirittura dilettando a stimolare la vanità di un mediocre investigatore privato, convinto di essere un Marlowe in carne e ossa, buttandogli fra i piedi qualche piccola prova. Ma non ne ricavava la minima soddisfazione. Quell'uomo aveva una mente piccola quanto il suo corpo. Era uno sconosciuto, una nullità, non era alla sua altezza. Certo, non sarebbe stato facile per nessuno capire: lei era sempre stata attentissima a lasciare soltanto lievi tracce.

Poi, un giorno, ecco il segnale. Quegli articoli sulla *Tribuna del Lario* con la ricostruzione dei delitti di Bellagio attraverso il dialogo serrato fra l'assassino e il misterioso giornalista che si firmava con il nome del suo cane, erano rimbalzati persino nei telegiornali e nei quotidiani nazionali. Era stato semplice per lei risalire al nome dell'autore degli articoli, e subito aveva deciso: quel giornalista presuntuoso aveva capacità e statura intellettuale per capire. L'aveva pedinato per mesi e ormai conosceva ogni cosa di lui e della sua vita.

Sì, lo avrebbe condotto sulle sue tracce fino a uscire allo scoperto. E poi l'avrebbe umiliato svelandogli ogni dettaglio della propria straordinaria intelligenza ma soltanto per diventare l'ultima immagine impressa nei suoi malinconici occhi grigi.

**2**

Aprì un occhio sulla radiosveglia soltanto al terzo squillo
del telefono. Le otto e tre quarti.
«Buondì Tonolli, come sta?»
Carlo considerò una volta di più che la maggior parte
della gente alle nove del mattino era già in piena attività.
Per lui invece poteva essere ancora notte fonda, non
riusciva a connettere almeno fino alle undici. E questo da
sempre.
Mayfair che come tutti i cani aveva metabolizzato le
stesse abitudini del suo compagno umano, sbadigliò dalla
consueta posizione a *tortellino* nel suo avambraccio, pure
lei con aria piuttosto seccata. Ma quando scorse Tonolli
accanto a sé, si addolcì subito e inchiodò lo sguardo di
carbone adorante dentro gli occhi dell'amico, come a
dire: «Buongiorno, e grazie di esistere.»
E lui non poté evitare di sorridere. La piccola Yorkshire
aveva cambiato radicalmente la sua vita. Prima del loro
incontro era un uomo deluso, scontento, cinico, indurito,
egoista. A quarantacinque anni non s'aspettava più nulla
né da se stesso né dagli altri. Giornalista per vocazione
pura, aveva collaborato con le più importanti testate
nazionali, ma senza mai riuscire ad adeguarsi agli
inevitabili compromessi che la sua professione
comportava.
Era una vera incognita per l'editore che puntava su di lui.
Una miccia innescata, un abbonamento assicurato con i
più costosi studi legali milanesi. Lo sapeva.
Ma, poco prima del natale passato, ecco l'imprevedibile

svolta. Un cucciolo di Yorkshire con le zampe posteriori spezzate, abbandonato in un cassonetto dell'immondizia all'aeroporto di Linate, gli aveva fatto riscoprire la potenza dei sentimenti, l'importanza di dare, il coraggio e l'emozione di essere se stesso e di seguire le proprie pulsioni. Anche nel lavoro. E nell'amore.

Quasi incitato dalla curiosità di Mayfair, dalla sua voglia di stare sempre con lui, Carlo era riuscito a svelare il mistero di una serie di delitti segnando l'inizio di un'esaltante collaborazione con un piccolo quotidiano di provincia, *La Tribuna del Lario*. Un giornale fino ad allora quasi inesistente che, in breve tempo e grazie al suo lavoro, aveva raggiunto un successo nazionale impensabile.

«Tonolli? Mi sente? Come sta?»

Dalla cornetta che aveva sollevato senza rispondere, Carlo catturò finalmente la voce di Giovanni Viani e arricciò le labbra in una smorfia.

Viani era il direttore della *Tribuna*. Per Tonolli, uno dei peggiori esempi di alacrità mattiniera che, in più, soffriva d'insonnia quindi spesso rompeva le scatole anche in tarda serata.

«Starei molto meglio se potessi continuare a dormire altre tre ore», rispose acido.

Viani sembrò non far caso alla sua ruvidità, ne era abituato. «Mi dispiace averla disturbata ma qui al giornale nella posta elettronica di *"Mayfair"*, è arrivata una curiosa mail. Pensavo che la segnalazione le potesse interessare.»

Dopo lo straordinario successo della soluzione degli omicidi di Bellagio infatti, alla rubrica di Tonolli firmata

*"Mayfair"*, i lettori inviavano notizie di tutti i generi, nella speranza che il giornalista potesse sciogliere altri enigmi per seguire, giorno per giorno, con il fiato sospeso le sue rocambolesche avventure.

Finora Carlo se l'era cavata con risposte personali perché, in effetti, nessun caso si era rivelato abbastanza interessante. E, grazie alla posta di *"Mayfair"*, il numero di lettori della *Tribuna* s'era mantenuto alto. Ciononostante era chiaro anche a lui che non avrebbe potuto tirare avanti per molto vivendo di rendita.

«Non ho ancora acceso il portatile: di che si tratta?» Carlo sbadigliò vistosamente.

«E' stata inviata dal pc di una certa Giovanna Carli di Milano, ma non è lei il vero mittente. Se vuole gliela leggo.»

Tonolli risbadigliò. «Sì, certo, se la ritiene così interessante.»

*«Gentilissimo o gentilissima Mayfair, le sto scrivendo con l'aiuto di mia nipote Giovanna, perché sono anziana e non ho facilità a usare queste macchine infernali. Tuttavia so che le mail oggi sono la via più veloce per comunicare, e io ho tanta fretta. Mi chiamo Maria Grazia Bonelli, ho 75 anni e abito in via XX Settembre a Milano, con Giovanna e una domestica filippina. Ebbene, temo di essere in pericolo di vita. Come può immaginare, nessuno mi crede, tantomeno Giovanna. Alla mia età, purtroppo, è facile essere compatiti. Ma io sono realmente minacciata di morte: ricevo da tempo lettere anonime che non lasciano alcun dubbio. E credo anche di sapere da chi. Le posso dire che si tratta di una persona malata, che da anni uccide secondo logiche*

*aberranti e, ascolti bene, tutti i suoi delitti sono rimasti impuniti. Mentre scrive, mia nipote stessa sorride, ma io sono terrorizzata. Cosa devo fare? Lei può aiutarmi? Non mi spinga a chiedere aiuto alla polizia: l'ho già fatto con esito deludente che, se vorrà, le racconterò di persona. Grazie per ora, e spero a presto.»*

«Be'? Cosa ci trova di tanto strano, direttore?» domandò Carlo scettico.

«Mi stupisce che lei non trovi interessante questa mail, amico mio. Una donna più che anziana, evidentemente ricca, visto che abita in una delle zone più ricercate di Milano, che denuncia di essere minacciata di morte e non creduta, né dai parenti più stretti né dalla polizia...»

«Sarà il solito caso di demenza senile o, nella migliore delle ipotesi, si tratta di un trucco bizzarro di una nonnetta sola per attirare l'attenzione della famiglia», lo interruppe Tonolli.

«Ma non crede che sia il tipo di vicenda adatto allo spazio di *"Mayfair"*? Intendo dire che, se anche si trattasse di una bufala, ha un taglio umanitario. Potrebbe sfrugugliare la sensibilità dell'opinione pubblica.»

Viani insisteva e alla fine Tonolli cedette. «Lei sa quanto io detesti il buonismo. Comunque, se proprio ci tiene, verificherò questa storia.»

**3**

L'idea di affrontare una nuova giornata in banca lo faceva vomitare. Forse perché i locali del suo ufficio, al ventiquattresimo piano di un grattacielo in Park Avenue, erano privi di finestre, come un bunker. E lui ci doveva passare non meno di otto ore al giorno.

Non che il suo lavoro fosse banale, anzi. La privacy delle sue stanze non era certo casuale: ogni giorno Mattia Carli aveva a che fare con correntisti stranieri che affidavano alla Chase Manhattan Bank i loro fondi segreti. Indiani, russi, italiani, francesi… anche lui era costretto a cambiare idioma almeno una volta ogni ora, e ciò faceva parte della sua altissima professionalità. Ma che noia, che ripetitività.

Jackson, il portiere nero, lo salutò come tutte le mattine alle nove. Sollevò di un centimetro la visiera del cappello e, mostrandogli tutta la chiostra di denti candidi, rispose alla sua quotidiana richiesta di aggiornamento sulle previsioni metereologiche della giornata.

«Ciao Jack, come sarà oggi?»

«Continua tempo buono, mister Carli. Sole e vento!»

Quando Jackson pronunciava il suo cognome italiano arrotondava esageratamente la erre e ciò lo irritava, anche se avrebbe dovuto esserci abituato dopo trent'anni di vita a New York.

«Peccato che non potrò goderne», commentò Carli di rimando.

Il lift trattenne per lui l'ascensore e con un cenno di saluto schiacciò il tasto del suo piano.

15

Dalla grande hall a stella del ventiquattresimo, Carli imboccò il primo corridoio a destra che conduceva all'open space della *reception*.

«Ciao Glenda», salutò la sua efficiente, platinata segretaria che stava già lavorando al terminale, facendo volteggiare sulla tastiera dieci lunghissime unghie fucsia. Finte, naturalmente. La osservò per qualche secondo, come ogni mattina, con ammirazione e invidia, quasi a voler carpire ogni dettaglio della sua ostentata, artificiosa femminilità.

«Buongiorno Mister Carli. Le ricordo il primo appuntamento di oggi: alle dieci Mister Benson per quegli investimenti nel Quwait.» Poi Glenda gli allungò un pacchetto infiocchettato. «E' per lei. L'ha recapitato a mano una suora italiana raccomandandosi che le fosse consegnato di persona.»

«Una suora italiana?» Carli rigirò fra le mani la leziosa scatola avvolta nella carta di una famosa pasticceria biellese. «Si è presentata?»

«Ha detto di chiamarsi suor Serena e di aver conosciuto bene suo padre col quale ritiene di avere un grande debito di riconoscenza», rispose Glenda precisa.

Carli si sentì stranamente nervoso. «Mio padre è morto vent'anni fa e questa strana donna salta fuori oggi? Ma chi può essere? Che aspetto ha?»

«L'ho fatto notare anch'io a suor Serena che suo padre non c'è più da tanto tempo. Ma lei ha insistito dicendo di essere felice di poter avere almeno l'occasione di incontrare suo figlio. Infatti, Mister Carli, non le ho detto che suor Serena è arrivata alle otto e mezza e intendeva aspettarla. Pensando che per lei sarebbe stato un impiccio, le ho fatto presente che non ero sicura che oggi sarebbe venuto in ufficio.»

«Giusto», borbottò l'uomo. «Ma mi dica: che tipo è?»

«E' una donna piuttosto *agée*, molto magra, vestita di grigio chiaro, i capelli nascosti da un velo corto, occhiali scuri. Uno sguardo velato e inquietante che sembrava sempre seguire un punto dietro le mie spalle mentre mi parlava… ho capito più tardi che suor Serena è cieca.»

Glenda rievocò fra sé lo strano incontro di poco prima. L'elemento che più le riaffiorava alla mente era la voce della donna. Suadente. Giovanile. Di una soavità disarmante. Quasi una musica ipnotica, proprio come l'attitudine del suo sguardo che, seppure vagante e nascosto, era magnetico. E ricordò che le era parso di essere in trance quando l'aveva vista avvicinarsi reggendosi a un bastone vecchio e nodoso, emerso come dal nulla e, sempre guardando nel vuoto, le aveva allungato la scatola di cioccolatini con una mano bianca, curatissima, un po' grinzosa e tremante.

«Direi una persona misteriosa Mister Carli», concluse la donna, «e difficile da interpretare. Quando ho insistito perché non era il caso che si fermasse ad attenderla, lei mi ha ripetuto di consegnarle i dolci con i suoi saluti e la raccomandazione di riposare, riposare tanto.»

Carli era sempre più perplesso. «Riposare? Ma che ne sa di me questa sconosciuta? A quest'ora arrivo direttamente dal mio letto e oggi in particolare, da una notte decisamente tranquilla.»

«Le ho già detto che nemmeno io ho afferrato il senso delle sue parole e men che meno il suo saluto. Prima di andarsene infatti m'ha detto: "Dica a Mister Carli che sono dispiaciuta di non averlo incontrato ma che sono sicura che ci sarà una prossima occasione, forse in un'altra vita". Poi è svanita oltre la porta, e se non fosse stato per la scatola di dolci, le assicuro che avrei potuto credere di aver sognato tutto.»

Chi mai poteva essere? si domandò Carli sconcertato. Forse una delle ex amanti di quel suo padre libertino e scapestrato che, fino all'ultimo, aveva reso la vita di sua madre un inferno?

Raggiunse il suo ufficio, sedette alla scrivania e pensò che, probabilmente, non avrebbe mai saputo chi fosse in realtà quella suora.

Meccanicamente svolse il nastro di seta giallo antico. Aprì la scatola. Conteneva una dozzina di cioccolatini tondeggianti incartati in carta d'oro crespata. Scrollò le spalle e stabilì che la vita era fatta anche di queste assurdità. Attraverso l'interfono, ordinò a Glenda il caffè. Quando poco dopo la segretaria entrò reggendo un vassoio con tazza e termos, Carli considerò che, tutto sommato, ci aveva guadagnato un po' di dolcezza all'inizio di una giornata che si preannunciava stressante. Liquidò Glenda e con lei, definitivamente, la misteriosa monaca. Si versò il caffè, liberò della carta un cioccolatino e pregustò l'idea di assecondare la sua golosità assaporandolo al meglio, insieme alla bevanda. Ma nell'attimo in cui accartocciò la stagnola fra le dita, con un brivido, ebbe la sensazione che qualcosa di acuminato gli avesse punto la falange del pollice. *Alla faccia di un po' di dolcezza,* inveì fra sé.

Rabbiosamente, appallottolò la carta e la gettò nel cestino, facendo seguire a ruota la scatola completa di

cioccolatini. Poi raccolse la documentazione del primo cliente e si alzò per raggiungere una piccola sala riunioni. Passando davanti alla segretaria, le disse: «Non mi disturbi fino all'appuntamento delle dieci con mister Benson. Prima d'incontrarlo, devo approfondire la fattibilità degli investimenti che vuole effettuare.»
Glenda annuì con un cenno del capo e tornò a far volare le sue unghie laccate sulla tastiera del computer.
Fu circa un'ora dopo, quando entrò nell'ufficio di Carli per annunciargli l'arrivo di Benson, che lo trovò accasciato sulla scrivania, e subito non capì che era morto, perché le sembrò semplicemente addormentato.

4

Carlo Tonolli scoprì il Parco Lambro grazie a Mayfair.

O meglio, grazie alla necessità di dover far muovere almeno un'ora al giorno la cagnolina per mantenerne elastica il più possibile la muscolatura delle zampe. Mayfair si poteva ormai dichiarare guarita anche se le fratture multiple delle zampe posteriori le avevano compromesso per sempre la deambulazione. Il professor Benni si era raccomandato di non farle perdere la buona abitudine di una lunga passeggiata quotidiana: «Farà bene anche a un sedentario incallito come te, Tonolli», aveva commentato il veterinario che, a tutti gli effetti, era ormai diventato amico e medico di entrambi.

Di camminare in città non se ne parlava nemmeno: inquinamento sonoro e aereo, traffico impossibile e affollamento avrebbero vanificato qualunque beneficio per cani e umani. Dopo una rapida inchiesta sugli spazi verdi milanesi, Carlo aveva stabilito che il meglio era il Parco Lambro, nella periferia est della città.

Così ogni giorno, alle due del pomeriggio, prendeva la sua vecchia Mini, attraversava mezza città, raggiungeva il parco, posteggiava ai margini e s'incamminava lungo i vialetti seguito al piede dalla sua piccola amica.

E il bello fu che, con sua grande sorpresa, si divertì come un matto fin dalla prima volta. Anzitutto scoprì che il Parco Lambro (a parte la puzza emanata dal fiume omonimo perennemente invaso da scorie di ogni genere) aveva poco da invidiare al londinese Hyde Park. Scoprì che non era infrequente incontrare impettiti poliziotti a cavallo che con eleganza ne sorvegliavano ogni zona e anfratto. Scoprì una fauna imprevista di germani reali, aironi cinerini e ospiti casuali, ma ormai stanziali, come una coppia di pappagalli tropicali e un cigno la cui sopravvivenza in acque tanto fetide sembrava miracolosa. Scoprì piante secolari, boschi di nocciolo, meli selvatici e sorgenti naturali d'acqua limpidissima che Mayfair preferiva di gran lunga alle fontanelle sparse qua e là. Scoprì anche una montagnola che gli piaceva attraversare in salita dentro un bosco e in discesa verso i prati di erba rasatissima dove Mayfair si rotolava sul dorso, preda di un'incontenibile gioia. E, non da ultimo, scoprì il mondo variegato delle persone che portavano i cani a passeggio, con cui sia lui sia Mayfair amavano socializzare.

Con i suoi compagni di passeggiata poteva parlare quando ne aveva voglia e senza remore del rapporto con il suo cane, perché tutti provavano curiosità nei confronti del piccolo, tenerissimo animale che guardava sempre negli occhi quel suo brusco, umorale padrone.

Carlo si trovava spesso a raccontare la storia del loro incontro, il natale passato, all'aeroporto di Linate. Di come aveva salvato Mayfair da un bidone della spazzatura, delle fratture alle zampe posteriori che ne avevano ridotto definitivamente la funzionalità, delle amorevoli cure del professor Benni. E finiva quasi sempre con la stessa frase, senza la minima vergogna, sicuro di trovarsi fra gente che lo capiva: «Ormai non potremmo più fare a meno l'uno dell'altra.»

Quel pomeriggio d'inizio marzo ancora gelido, l'inverno sembrava non voler mollare. Carlo aveva dovuto infilare a Mayfair l'impermeabile imbottito perché non mancava neppure una fastidiosa, insistente pioggerellina che il vento ti gettava addosso di lato con cattiveria. Scafandrato a sua volta in un piumino da sci, si calò fino agli occhi la berretta di lana fatta a mano da sua zia Lucia, si accese con gusto un mezzo toscano e come ogni giorno si avviò sul viale principale per imboccare, cinquanta metri più avanti, il sentiero che costeggiava il fiume Lambro, verso il bosco di noccioli.

Passata la prima curva del viottolo incontrarono Teo, il più grande amico di Mayfair, un grosso labrador color miele che si avvicinò a balzi seguito dal padrone, un signore anziano, educatissimo e timido.

«Ehilà, Teo! E buongiorno a lei, signor Sarti. Che c'è di nuovo oggi?» Carlo sapeva che dal buon Sarti si poteva aspettare soltanto un sorriso perché era tanto discreto che non si sarebbe mai permesso di parlargli per primo, timoroso com'era di disturbare. Dal canto suo il Sarti, da persona sensibile qual era, aveva capito in fretta che Tonolli era un orso. E poi, lui se ne stava ben volentieri nel suo brodo a parlottare con Teo, sotto gli alberi di nocciolo. Lo si poteva trovare a spasso con il suo fedele amico a qualunque ora del giorno e sembrava proprio che dalla vita non pretendesse niente di più.

«Nulla di nuovo da ieri, dottore. E la piccola? Non è certo tempo per cani delicati. Per la verità, oggi ci siamo solo io e lei al parco.» L'uomo si chinò e offrì un angolo di biscotto a Mayfair, che lo divorò in un boccone sotto lo sguardo protettivo di Teo.

Stop. La conversazione poteva anche finire lì. E così accadde anche quel giorno, con grande godimento di

Carlo che, non soltanto in certi momenti di luna particolarmente storta, trovava indispensabile il ruolo del silenzio.

I due uomini s'incamminarono muti per il viottolo centrale, mentre i cani, il più grande correndo, la più piccola trotterellando, esploravano cespugli e tane di topo nei prati laterali.

Durante quelle passeggiate, in Mayfair si risvegliava l'antico istinto di guardiano di miniere caratteristico della sua razza. Bastava una lieve traccia di odore di ratto per darle alla testa. Annusava, scavava, girava su se stessa, cercava affannata la pista dell'odiato nemico. Quando infine scopriva una tana, v'infilava tutta la testa lasciando all'esterno soltanto il piccolo posteriore, con la coda mozza vibrante di enfasi emotiva.

Una volta Carlo se l'era vista arrivare festante con in bocca una carogna di topo più grande di lei dalla quale, con grande orrore, aveva faticato non poco a separarla, per raggiungere di corsa il professor Benni all'Università di Veterinaria, terrorizzato che Mayfair potesse essere stata appestata da qualche orribile veleno.

«Dottore, oggi la cagnolina *sente* qualcosa. S'è infilata laggiù.» Sarti indicò con la mano il punto dell'argine dov'era scomparsa Mayfair.

«Ma porcogiuda! Non sarà caduta in quell'orrido fiume?» Carlo gettò a terra il moncone di sigaro, schizzò come un missile tra le fronde basse della riva e cominciò a scostarle freneticamente con le mani guantate.

Di Mayfair nemmeno l'ombra.

La donna era passata dietro di loro, silenziosa come un alito di vento, e la cagnolina l'aveva seguita soltanto perché il suo ombrello chiuso emanava l'irresistibile odore di un animale selvatico. Nell'attimo in cui l'oggetto l'aveva sfiorata, il cervello di Mayfair s'era all'improvviso svuotato di tutto il resto e l'istinto cacciatore dei Terrier aveva preso il sopravvento.

Le piccole narici palpitanti assorbivano dall'aria ogni particella di quella traccia. Il respiro affannoso si sintonizzava al ritmo dei passi claudicanti ma spediti delle sue zampe rigide. Tutto il corpo si tendeva in avanti nel tentativo di raggiungere la preda nascosta, dietro il cespuglio di bosso e poi ancora più in là, oltre l'argine, nella zona delle tane. E proprio laggiù la donna si arrestò, si girò verso di lei e si accucciò a due metri dal suo muso. Mayfair ringhiò in attesa, lo sguardo ipnotizzato dall'ombrello e per poco non si accorse della *cosa* che le cadde davanti al naso mentre la donna spariva a passo veloce dietro il boschetto di noccioli.

Mentre Tonolli, ormai carponi e infangato dalla testa ai piedi, continuava a cercare Mayfair, lo squillo di una sirena anticipò di pochissimo il passaggio sul viale principale di una macchina sfrecciante della polizia, seguita a un palmo da un'ambulanza.

«Che cosa sarà successo, dottore?» Sarti non aveva mai parlato tanto in vita sua.

«E che ne so?» rispose Carlo senza togliere la testa dal cespuglio. «Dove sarà finito quell'imbecille di un cane? Come ho fatto a perderlo di vista? Vada a vedere lei, ma la prego, torni al più presto. Se è successo qualcosa a Mayfair non penso di essere in grado di mantenere la calma.» Pur filtrata dalle frasche, la voce roca del giornalista tradiva ansia e panico irrazionale.

«Ma no, stia tranquillo, per carità. Vedrà che Teo la ritrova, vero Teo? Non può essere andata lontano.» Il Sarti tentava di calmare Tonolli, cercando conforto negli occhi del suo cane.

Ma Carlo non ragionava più. Ormai setacciava l'argine del fiume a gattoni, lanciando occhiate disperate alle acque nere e maleodoranti nelle quali immaginava di vedere da un momento all'altro galleggiare Mayfair senza vita.

Finalmente udì il Sarti gridare: «Guardi, dottore! Sta arrivando dalla parte opposta. Vede che non è successo niente? Credo che abbia catturato un topo perché ha in bocca qualcosa. Lascio a lei la scoperta, io vado a controllare il motivo di tutta l'agitazione della polizia.»

Tonolli sentì il cuore librarsi nel petto come una mongolfiera sgravata dalla zavorra. Nemmeno si prese la briga di rispondere al Sarti e raggiunse subito Mayfair che sembrava contrita e delusa. Non la sgridò e non tanto perché la piccola non era dell'umore, quanto per la felicità di averla ritrovata.

«Allora, che schifo di bestia mi hai portato questa volta?»

Chinandosi, con la sgradevole sensazione di imbattersi in qualcosa di disgustoso, capì subito il motivo della delusione del suo cane.

No. Non si trattava di un topo morto. Mayfair, sconfortata, letteralmente gli sputò sui piedi un portafogli.

«E dai, non te la prendere. Non fare la femminuccia. La prossima volta lo beccherai 'sto maledetto topo o chi per lui. E poi è meglio così: ci sarebbe toccato filare da Benni per fare una delle sue punturacce. Ora facciamo il nostro dovere e andiamo a consegnare questo reperto alla polizia.» Raggiungendo il capannello di poliziotti e autoambulanza fermo in fondo al viale grande, Carlo parlava con tenerezza a Mayfair, stretta sotto il suo braccio. «Però! Sta arrivando anche la fanteria. Dev'essere successo qualcosa di grosso. Che ne dici Mayfair?»

Udendo il trotto veloce degli zoccoli dei cavalli della polizia del parco, le orecchie del cane si rizzarono.

«Allora, Sarti che succede? S'è suicidato il cigno?» scherzò Tonolli nell'orecchio dell'amico di Teo.

Non ricevette risposta e seguì lo sguardo attonito di ambedue, uomo e cane, fisso nello stesso punto. Da un grande cespuglio cinque metri davanti a loro, fuoriusciva la metà delle gambe nude di una donna che indossava scarpe del tutto improbabili per una passeggiata invernale nel parco. Erano infatti preziosi sandali dorati con tacchi alti almeno dodici centimetri.

5

Non aveva proprio voglia di contattare la vecchia signora segnalata da Viani, ma decise di farlo, per una sorta di oscuro senso del dovere che, suo malgrado, provava nei confronti del direttore.

Tonolli era appena rientrato dalla passeggiata al Lambro e il portafogli trovato da Mayfair occhieggiava da un angolo della scrivania e catalizzava tutta la sua attenzione. Chissà perché non se l'era sentita di consegnarlo alla polizia... Sedette al tavolo, mentre Mayfair prendeva posto fra i suoi piedi scalzi, avvoltolata nell'irrinunciabile pullover di cachmere di Carlo in una cuccetta piazzata lì appositamente per le ore in cui il giornalista si dedicava al lavoro.

Accese il portatile e aprì la posta elettronica dove, fra mille altri, apparve il messaggio della Bonelli. Lo rilesse e, per la seconda volta, restò indifferente.

Rispose in fretta per togliersi il problema. *«Gentile Signora, grazie anzitutto di essersi rivolta a noi. Mi chiamo Carlo Tonolli e curo la rubrica di "Mayfair". Per capire meglio l'entità del suo problema le devo chiedere un incontro e la possibilità di visionare le prove delle minacce che ci denuncia. Mi dica lei cosa preferisce fare: se vederci in redazione, a casa sua o in un locale pubblico di sua scelta. A presto, e cordiali saluti CT»*

Spedì la mail e finalmente si dedicò al portafogli. Per non lasciare impronte, recuperò dall'armadio guardaroba un paio di guanti di lattice dalla scatola che ne conteneva una trentina. La Tilde, la sua governante, per fare le pulizie, preferiva il tipo 'usa e getta' piuttosto di quelli classici di gomma pesante, e lui ne doveva comprare delle quantità industriali.

Sganciò la chiusura del portafogli e lo aprì. Era gonfio di documenti, tessere, foglietti ma, naturalmente, era privo di soldi, a parte qualche spicciolo nel portamonete. Contò un totale di 3 euro e 52 centesimi che posò sul piano davanti a sé. Poi passò ai documenti. Iniziò dalla patente e subito, Giuseppe Franzetti, nato a Brescia l'11 febbraio 1961, gli sorrise con l'espressione ebete tipica delle foto tessera.

Trovò anche il codice fiscale, la carta d'identità e la tessera di una palestra, tutti con la medesima intestazione. Ok, il portafogli non poteva appartenere alla morta del parco. Mentre pensava a come riportarlo o spedirlo al legittimo proprietario, dal suo computer giunse il *bip* che segnalava l'arrivo di una nuova mail e Mayfair, che stava dormendo, rizzò di colpo le orecchie.

Era già la risposta della Bonelli.

*«Grazie grazie grazie! Lei non può capire che sollievo per me poterle parlare. Che ne dice se ci vedessimo domattina verso le dieci a casa mia, in via XX Settembre 15/H? Se non ha problemi a venire, non mi risponda per conferma. L'aspetterò con ansia! Sua obbligatissima Maria Grazia Bonelli.»*

E va bene, pensò Carlo, sfanghiamoci anche questa Bonelli!

Riunì tutte le carte nel portafogli del Franzetti e, stava per richiuderlo, quando un biglietto da visita pinzato a una fotografia di piccolo formato fece capolino da una tasca interna. Lo estrasse per leggerne l'intestazione: «*Giuseppina Franzetti, estetista massaggiatrice. Specialista in trattamenti orientali, rilassanti, tonificanti, vitalizzanti. Benessere estremo. Solo per appuntamento.*» Seguivano un numero di telefono e un indirizzo della periferia milanese.

E adesso? Che pensare? Possibile che quel ricciolone ceruleo del Franzetti fosse in realtà una donna?

Ristudiò uno dopo l'altro tutti gli appunti sparsi in foglietti volanti e ben presto gli fu evidente che si trattava di appuntamenti presi di corsa su qualunque tipo di carta. Infatti su ognuno erano segnati nomi (senza cognomi), numeri di telefono, per lo più cellulari, date, orari. Probabilmente il Franzetti non possedeva un'agenda e quello era il suo modo poco ortodosso di programmarsi il lavoro.

Staccò la foto dal biglietto da visita e la osservò. Incredulo, prima sobbalzò e subito dopo si accasciò sul piano di lavoro senza riuscire a controllare i battiti sgangherati del suo cuore. Era un'immagine un po' sfocata ma abbastanza chiara perché vi si riconoscesse la piccola Mayfair, lo sguardo stupito verso l'obiettivo, ritratta sotto un nocciolo del Parco Lambro.

Istintivamente Carlo si guardò alle spalle e l'inatteso squillo del telefono ebbe su di lui l'effetto di un'esplosione nucleare.

«Tonolli buonasera, sono Viani. Mi è appena arrivata una notizia Ansa con la segnalazione di un omicidio al Parco Lambro e, di conseguenza, ho pensato a lei. Ne sa qualcosa?» Non si poteva dire che il suo direttore mancasse di tempismo.

Quando Carlo rispose, stentò a riconoscere il mormorio della propria voce tremula. «Ero al parco con Mayfair proprio quando la polizia ha scoperto il cadavere.»

«E ora cosa mi dice, proprio lei che sostiene tanto la totale sicurezza del Parco Lambro ?»

«Cosa vuole che le dica? Avrebbe potuto succedere da qualunque altra parte. Quanti omicidi si contano in una grande città come Milano? Ho cercato di fare domande per saperne di più sulla morte di quella donna, ma mi è stato impossibile rompere il capannello di poliziotti e curiosi attorno al corpo e non sono neppure riuscito a vederla in faccia.» Mentre parlava, Tonolli si accorse di balbettare e fu sicuro di aver tradito il suo turbamento.

Ma Viani, che non aveva affatto colto la sua agitazione, fu felice di poterlo aiutare. «Allora le posso dire che il corpo non presenta alcun segno di lotta o di ferita e che non si trattava di una donna. O meglio, era una donna a metà. Un transessuale. Non portava documenti e quindi non è stato ancora possibile riconoscerlo.»

*Din don.* Tonolli sentì improvvisamente suonare una nota campanella dentro il cervello.

Quel portafogli si stava rivelando un dettaglio più che efficace per stimolare la sua recente, irresistibile inclinazione a intromettersi nel lavoro della polizia. No. Per ora non l'avrebbe restituito e, per sicurezza, non ne avrebbe fatto parola neppure con Viani.

«Sarà un regolamento fra papponi, allora», continuò tenendosi sul vago. «Anche se è strano, perché la zona non è battuta da quei tipi. Visto che la sento, le confermo che domattina alle dieci incontrerò Maria Grazia Bonelli. Contento?»

«Bene. Poi mi faccia sapere le sue impressioni.» Viani si stupiva ogni volta che Tonolli ubbidiva a qualche sua richiesta. Pur essendo un tipo così ribelle alle convenzioni e ai sistemi, con lui dimostrava rispetto sincero.

«Nel frattempo però, devo… mi piacerebbe seguire», Carlo si corresse in contropiede, «…anche questo caso di omicidio. Lei che ne dice?»

Eccolo di nuovo, il grande inviato, a chiedere un parere al piccolo direttore, pensò Viani con un sorriso.

«Lo sa, Tonolli, è inutile che mi ripeta. Ogni sua iniziativa per me è grasso che cola.»

«Sa per caso chi sta seguendo le indagini?»

«Non proprio il nome del commissario. Però il distretto è quello di via Feltre. Conosce qualcuno lì?»

«Non ancora, ma spero presto.»

Carlo chiuse la conversazione con Viani e si affrettò a nascondere il portafogli del Franzetti in cassaforte prima di rivestirsi e scaraventarsi al commissariato di via Feltre.

**6**

«Desidera?» Il giovane appuntato nella guardiola dell'ingresso del commissariato di polizia lo squadrò dalla testa ai piedi. Con un filo di curiosità, arguì Tonolli. Forse, pensò, per via della berretta di lana grigio topo calata sugli occhi, oggetto fatto a mano da sua zia Lucia che, con le sue misure, non ci aveva mai imbroccato. O forse a causa del muso arruffato di Mayfair che spuntava dalla zip del suo giaccone.

«Sono Carlo Tonolli, inviato della *Tribuna del Lario*, e vorrei incontrare il commissario responsabile del delitto del transessuale al Parco Lambro.»

Il ragazzo ammiccò con leggera supponenza. «La polizia non rilascia dichiarazioni alla stampa, non lo sa?»

*Il classico sbarbato che se la tira,* considerò fra sé Tonolli e avvertì la rabbia montagli in petto come una mandria di bufali al galoppo.

Quale poliziotto avrebbe mai potuto rispondere allo stesso modo a un inviato del *Corriere della sera*? si domandò. Quel ragazzo aveva brutalizzato il suo orgoglio professionale facendogli toccare con mano la fragilità dell'autorevolezza della *Tribuna del Lario* rispetto a quella di testate più importanti. Così Carlo rappresentò il peggio della sua congenita irascibilità. «Mi dispiace per la sua sfiducia», rispose aspro, «lei sa cosa s'intende per *prove*? S'è domandato se sono qui per un'intervista o per segnalare qualcosa che conosco in relazione al fatto in questione? Evidentemente non le interessa, per cui, buongiorno e a non rivederci». Girò i tacchi e se ne andò rincorso dalla voce del poliziotto che fuoriusciva dalla guardiola.

«No, aspetti. Mi ripeta il suo nome. Posso chiamarle subito un mio superiore.»

Prima di uscire, Carlo si volse e gli rispose: «Con i suoi superiori parlerò quando ne avrò ancora voglia. Ora ho da fare. Addio caro!»

Rimontò sulla Mini, piazzò Mayfair sul sedile del passeggero, mise in moto e se ne andò sgommando manco fosse all'autodromo di Monza.

Era furioso, talmente furioso che rischiò un tamponamento con un taxi. Inchiodò, mettendo a dura prova l'efficacia dei freni della sua vecchia Rover e, sul sedile a fianco, Mayfair sussultò. Doveva calmarsi. Accostò dopo nemmeno cento metri, davanti a un bar in piazza Udine, e si ficcò in bocca un toscano senza accenderlo.

«E adesso? Che faccio? Non avrei mai dovuto parlare di eventuali prove in mio possesso. Non l'avrei mai fatto con un commissario. Ora di certo non posso tornare indietro a chiedere informazioni sul caso, dicendo di avere scherzato, porcogiuda.» Tonolli borbottava fra i denti, masticando il sigaro come un chewing gum, il viso bello e riflessivo stagliato in un profilo aristocratico contro il finestrino della Mini.

Cercò invano di farsi venire in mente il nome di un poliziotto col quale aveva collaborato dieci anni prima per un'inchiesta sul denaro riciclato dai racket della droga ma, a parte il fatto che a quest'ora poteva anche aver cambiato lavoro, essere scappato in Russia o addirittura morto, proprio non se lo ricordava.

Mentre si lambiccava il cervello, il suo cellulare trillò.

«Carlo, ciao! *Comment ça va? E* Mayfair?» La voce soave di Bamboo gli fece l'effetto di un ansiolitico e lo riportò all'istante ai suoi occhi grandi, obliqui e scuri come la notte, alle sue labbra sensuali, alle sue gambe da gazzella.

«Ciao bella! Io sto bene e la piccola anche. Non vediamo l'ora di rivederti. Tu che fai?»

Ingelosita dal suo inequivocabile cambio di tono, Mayfair lo guardò in cagnesco e lui le rimandò una boccaccia.

«*Je dois venir à Milan, pour une expertise.*»

«Ma è fantastico! Quando?»

«Dopodomani. Atterrerò a Linate all'una e mezza e alloggerò come sempre all'hotel Diana. Penso di fermarmi almeno tre giorni. Lavorerò a Brera, vicino a casa tua. Riusciremo a vederci?»

«Mi sembra ovvio. Verrò a prenderti all'aeroporto. Evviva!»

L'entusiasmo sincero di Carlo bastò alla ragazza per capire che il suo piano avrebbe avuto buon esito. L'uomo della sua vita aveva un carattere difficile… prima di decidere un'improvvisata, era meglio verificare se la luna era favorevole.

«Hai più sentito il commissario Ghezzi?» continuò Bamboo.

«Per carità, no. Come ti è venuto in mente quel trombone?»

Già. Come le era venuto in mente quel trombone proprio al momento giusto? *Questa si chiama fortuna*, pensò Carlo.

«Mi sono accorta di non avergli mai restituito una penna che mi aveva prestato per firmare la mia deposizione sul caso di Bellagio. Vorrei fargliela avere perché è una Parker d'argento, con le sue iniziali.»
«Quando sarai qui lo cercheremo. Vieni presto.» Erano già quasi le otto di sera e lui ora aveva molta fretta.
*«À bientôt, mon amour...»*
Certo: Ghezzi sarebbe stato il suo uomo. Un commissario in pensione che probabilmente si stava rompendo le palle a piantare cavoli e verze in Val d'Aosta.
Chiese al 412 l'indirizzo di Ghezzi e dopo pochi minuti era già sulla tangenziale in direzione di Como. E dopo poco più di un'ora, il dito  indice della sua mano destra stava pigiando il campanello del portone di casa dell'ex commissario. Peccato che l'unica cosa che Tonolli non aveva considerato fosse l'ora.
«Chi rompe le scatole con questi scherzi del cavolo?» tuonò Ghezzi burbero dal videocitofono. Ma quando riconobbe nel piccolo monitor il volto del giornalista, addirittura sbiancò.
«Tonolli?! È proprio lei? Ma che ci fa qui a quest'ora? Cos'ha combinato?»
«Se mi apre glielo spiego, commissario», ribatté Carlo pacato.
«Ma lo sa che sono quasi le dieci di sera e che io e mia moglie stiamo per andare a letto?»
«Be', se è per questo io non ho ancora mangiato. E poi non mi formalizzo. Mi apre o no? Qui fa un freddo boia. La piccola Mayfair sta tremando.»
Controvoglia, Ghezzi gli aprì. Non poteva negare di

essere curioso di conoscere il motivo che aveva spinto fin lì quel pazzo di giornalista.

Fece appena in tempo ad aggiustarsi la vestaglia e a sfilarsi la retina dai capelli, che Tonolli gli apparve inquadrato dalla porta d'ingresso, con la berretta tutta storta e la cagnolina dentro il giaccone.

Era inequivocabilmente, indubbiamente, tragicamente lui, e Ghezzi si sentì subito nevrastenico.

Lo fece accomodare in salotto senza nemmeno invitarlo a spogliarsi e subito lo investì: «Ebbene? Mi vuol dire in fretta il motivo di quest'assurda visita? Vorrei andarmene a dormire, se non le dispiace.»

«Sarò brevissimo, commissario. Ci siamo lasciati un paio di mesi fa e, se non sbaglio, il suo programma era di godersi la pensione, il tempo libero e farsi l'orticello in montagna. Ecco, ho pensato che per un tipo come lei dev'essere una bella noia.»

«Ma cosa ne sa lei? A parte il fatto che sono in pensione solo da un mese...»

«Appunto. Non credo che lei sia il tipo che riesce a stare con le mani in mano o a cui possa bastare l'orto nella casetta in Val d'Aosta, quindi le avrei trovato un'occupazione.»

«Che significa? O meglio, in che guaio s'è messo questa volta, me lo vuol dire alla fine, o no? Io non ho bisogno di nessuno per risolvere la mia vita, soprattutto di lei», replicò Ghezzi con uno sguardo sempre più attento e sempre meno risentito.

«Ha sentito parlare dell'omicidio di un transessuale oggi pomeriggio al Parco Lambro di Milano?»

«Sì, certo. Ne hanno accennato tutti i telegiornali.

Perché?» Il commissario ridimensionò la sua foga. Si avvicinò a Tonolli e sul suo volto si dipinse un'espressione interessata.

«Perché mi sto occupando del caso per il mio giornale e...» Carlo non riuscì a terminare la frase. «No no. Non prosegua», lo interruppe Ghezzi, «non voglio saperne niente. Ho giurato a me stesso che non avrei mai più voluto avere a che fare con lei, se lo ricorda?» Scuotendo la testa, il commissario si portò le mani nei capelli. Non avrebbe mai assecondato quel matto. Non doveva a nessun costo cedere alla sua logica da funambolo.

«Aspetti. Mi ascolti e rifletta. Ora lei è fuori servizio. Non fa più parte della polizia. Non le interesserebbe collaborare con me come investigatore privato? Sono in possesso di prove inconfutabili che riguardano questo caso... possiamo ottenere uno *scoop* straordinario!» Al posto degli occhi Carlo aveva due lanciafiamme.

Ghezzi ammise con se stesso di essere catalizzato dall'impetuoso carisma di Tonolli. Quell'uomo era senza dubbio un trascinatore di folle. L'aveva già visto in quello stato di esaltazione rimbecillire e avvincere le persone più disparate, tutte pronte a seguirlo anche all'inferno senza chiedersi perché. E sapeva bene che era improbabile riuscire a dirgli di no. Veniva semmai una voglia irrefrenabile e irrazionale di entrare con lui in quel frullatore del suo cervello e lasciarsi andare a una sorta di roulette russa virtuale. La dannata voglia che lui stesso stava già sentendo scorrere nelle vene.

Tentò comunque una minima autodifesa, se non altro formale. «Cos'ha in mente per me, Tonolli? Sono sicuro che se accetterò la sua proposta rischierò di perdere la faccia.»

«Ma cosa dice? Le regalerò un bel po' d'entusiasmo, piuttosto. Si divertirà follemente e lo sa anche lei. Con me ritroverà una seconda giovinezza. Su, non perdiamo altro tempo. Ci vediamo domani pomeriggio a casa mia. Le va bene alle quattro?»

«E sia. Anche se mi riservo di darle una risposta definitiva domani, quando avrò le idee più chiare. Alle quattro sarò da lei», rispose quasi divertito Ghezzi, riconoscendo fra sé di essersi già arreso al 'frullatore'.

«Dica "lo giuro".» Carlo non mollava.

«Adesso non esageri, però. Se dico sì è sì.»

Erano sulla porta spalancata dell'ingresso, quando Tonolli accalappiò con i suoi gli occhi del commissario e sentenziò: «Da questo momento lei riferirà soltanto a me. Dovrà tenere il massimo riserbo su ogni notizia che scopriremo a proposito di questa faccenda. Le concedo un assaggio: come avrà sentito, il morto non è ancora stato identificato. Bene, io so chi è. Il mio cane ha ritrovato al parco il suo portafogli pieno di documenti, indirizzi e altro. Che ne pensa?»

«Penso che lei è davvero un pericolo pubblico e sempre in peccato mortale. Il suo massimo divertimento è occultare prove per far gli sgambetti alla polizia. Quindi non dia per scontato che accetterò di lavorare con lei», lo rintuzzò Ghezzi tentando *in extremis* di nascondere la sua sconfitta.

Il giornalista ignorò la sua debole ritrosia. «Non dica più nulla commissario. Lei ormai è dall'altra parte e sta per giocare con me, se lo ricordi. A domani!»

E quando vide Tonolli scomparire in fondo alle scale,

Ghezzi si ritrovò annichilito a pensare con gioia che un ciclone aveva imprevedibilmente ribaltato la sua noiosa vita.

7

Alle dieci di mattina, davanti al portone semiaperto della villa di via XX Settembre 15H si stava componendo un piccolo corteo di persone. Fra un addetto del supermercato che stava consegnando una cassa di prodotti alimentari, un postino che brandiva un telegramma come un dardo e due operai dell'azienda del gas pronti a far partire un martello pneumatico proprio sul marciapiede di fronte, Tonolli stentò a palesarsi agli occhi di una piccola domestica filippina che tentava di spartire tutto quel traffico in una lingua nota soltanto a lei.

Sfruttando la sua altezza, provò a urlare sopra le teste di tutti: «Ho un appuntamento con la signora Bonelli!»

Tonolli non tentò nemmeno di tradurre la risposta della filippina. Poté solo assimilare quell'assurdo idioma a una lingua inesistente, una sorta di afro-tirolese per esempio.

Così passò alle spallate e tutto fu più facile. In un secondo si trovò nell'ampio ingresso della casa, lasciando al di fuori il vociare sempre più isterico del gruppetto.

Una casa super, osservò. La casa di una famiglia miliardaria da generazioni. Beati loro.

«Permesso?» Silenzio. Vuoto totale. Ai piedi della scala, l'orologio a stele Ottocento batté il quarto.

«C'è nessuno?» Il fruscìo di un passo strascicato sulle piastrelle bianche e nere posate a damier annunciò l'apparizione di una donna diafana e incolore. Grigia la gonna al ginocchio, grigia la camicia a uomo, grigio il cardigan maschile, grigie le scarpe stringate, grigia la faccia senza trucco. Di tutti i grigi cambiava solo la tonalità: dal perla opaco al fumo di Londra. Carlo stabilì che doveva avere circa quarant'anni e molti molti problemi.

Dalla sua amata postazione dentro al giaccone dell'amico, Mayfair allungò il collo e osservò la nuova tizia, le orecchie in allerta.

«Buongiorno, mi chiamo Carlo Tonolli e avrei un appuntamento con la signora Bonelli.»

«Buongiorno, dottor Tonolli. Sono Giovanna Carli, la nipote della signora Bonelli.» Voce stentata e mano molle. Per il giudizio sommario di Carlo era proprio *l'en plein*. «Purtroppo mia nonna oggi non sta bene. È tornata pochi giorni fa dall'America. Probabilmente l'aria condizionata dell'aereo le ha provocato una forte forma influenzale. In questo momento è ancora a letto e temo che non potrà riceverla. Posso fare io qualcosa per lei?»

«Be', forse avrebbe dovuto fare qualcosa prima. Avvertirmi per esempio, visto che credo lei sia a conoscenza del motivo per il quale mi trovo qui oggi», ribatté lui seccato.

«Certo. Ho mandato io le mail per lei. Mia nonna è molto anziana, dottor Tonolli.»

«Ciò non significa che non debba essere preso in considerazione il suo problema, non crede?»

La donna accennò un sorrisino di compatimento non molto gradito dal giornalista che proseguì come il martello pneumatico dei due gasisti di fuori, ora impegnato a pieno ritmo. «Non so se il suo silenzio sia da interpretare come assenso, comunque ho deciso di porgere un breve saluto alla signora. A meno che non sia, come dire? incosciente», continuò Carlo mordace.

Dal sorrisino iniziale Giovanna passò a un'evidente smorfia acida: «Attenda qui, prego. Vedo se mia nonna si sente di riceverla in camera da letto.»

La filippina era rientrata. Gli passò davanti blaterando parole incomprensibili, appoggiò in una grande ciotola d'argento sulla consolle il telegramma appena consegnato e s'infilò in una porta laterale, chiudendosela alle spalle. Con indifferenza Tonolli si avvicinò al mobile e occhieggiò la posta. La busta era capovolta e poté leggere il mittente con chiarezza: Mr Thomas McInney- 578 West Broadway- New York-NY- USA.

Sentì aumentare l'adrenalina in corpo e in un attimo si ritrovò a Manhattan, la città più spettacolare del mondo. Tante volte s'era chiesto perché proprio New York gli dava la sensazione di trovarsi al centro dell'universo. Il suo lavoro l'aveva portato in tutti i paesi e i continenti possibili, in tutte le città più contemporanee e futuribili, o più antiche e storiche. Ma l'emozione che provava ogni volta che sbarcava al JFK era ineguagliabile. Non c'è spiegazione logica. *"That's New York"* è la rituale risposta dei newyorkesi.

Cercava di andarci almeno un paio di volte l'anno, in vacanza, per poter bighellonare a Soho, per cenare al Village ascoltando jazz, per mischiarsi alla gente in corsa sulla Fifth Avenue, per farsi venire le vertigini guardando su, fra i grattacieli, un cielo improbabile, laccato di blu, per passeggiare in Central Park, la domenica, leggendo il giornale...

«Dottor Tonolli?»

Carlo, faticò un poco a ritornare dalla sua onirica trasferta a Manhattan e alzò il capo in direzione della voce di Giovanna. La donna, ricomparsa a metà della scala, lo squadrava con antipatia.

«Mia nonna accetta di salutarla, ma non di vederla. Dovrà parlarle dall'esterno della camera da letto. Salga e mi segua.»

Il giornalista non rispose e seguì la donna grigia su per la scala, al piano superiore, lungo un corridoio quasi buio fino alla porta socchiusa dell'ultima stanza in fondo.

L'atmosfera, satura di una strana tetraggine vista l'ora mattutina, era acuita dall'oscurità totale che s'intuiva all'interno della stanza.

Giovanna restò alle sue spalle, immobile e muta come il busto in bronzo di un condottiero cinquecentesco poggiato alla sua sinistra, sopra una mezza colonna di marmo.

«Posso mettere il cane per terra? È molto educata: non si staccherà dai miei piedi.» Carlo non attese risposta e depose Mayfair fra le sue Church's. Estrasse dalle tasche notes e biro, si sporse il più possibile in direzione della fessura della porta e domandò piano: «Signora Bonelli? Sono Carlo Tonolli della *Tribuna del Lario*. Ricorda? Avevamo un appuntamento questa mattina alle dieci per quei suoi timori… Come sta?»

«Oh, sto tanto male…male…» La voce che giunse quasi subito in risposta dall'interno, era rauca e molto raffreddata. «Mi dispiace tanto non poter uscire di qui… io… sa tutto Giovanna…»

Tonolli era sbalordito. Perché mai la Bonelli, per suonata che fosse, avrebbe dovuto fissargli un incontro proprio oggi, quando il suo stato di salute era così malmesso? Tentò di sbirciare all'interno della camera. Impossibile. Il buio assoluto copriva tutto come un velo imperscrutabile.

«Male, male. Sto tanto male… chieda a Giovanna… lettere..»

«Ha visto? Mia nonna ha bisogno di riposare, dottor Tonolli. Ci risentiremo fra qualche giorno. Ora vada, la lasci tranquilla.»

Giovanna lo accompagnò di nuovo all'ingresso, ma il giornalista non era soddisfatto e insinuò: «Credo che sua nonna desideri che lei mi consegni le lettere anonime cui mi accennava nella mail.»

La donna grigia replicò con astio evidente: «Attenda qui. Vado a prenderle.»

Nel momento in cui Giovanna Carli scompariva dietro una delle innumerevoli porte dell'atrio, Carlo si ritrovò a fare una di quelle cose alle quali nemmeno lui sapeva dare una spiegazione logica. Gli venivano così, senza alcun retropensiero. Si avvicinò alla consolle, afferrò il telegramma giunto da New York e se lo infilò nella tasca destra del piumino. Soltanto la filippina era al corrente del suo arrivo e di certo non sarebbe stata in grado di denunciarne la scomparsa.

Dopo qualche minuto, Giovanna ricomparve da un'altra porta con in mano un fascio di lettere legate da un nastro blu.

«Eccole qui. Le consiglio di non dar loro troppo peso. Mia nonna ha molta fantasia, ecco.»

Tonolli agguantò il plico: tutta la faccenda ora lo intrigava molto. Stava per andarsene, ma si girò di scatto verso la donna: «Un momento! E il mio cane?»

Mayfair era entrata nella camera buia. Soltanto per curiosità. Come sempre. Lo spiraglio aperto davanti a lei era della giusta dimensione. Tartufo a terra, ogni odore nuovo veniva registrato dalle sue piccole narici e subito archiviato nel suo giovane cervello di cane. La vista le serviva ben poco: era quasi totalmente buio. In più, da qualche tempo, le sue gengive sentivano sempre più spesso la necessità impellente di rosicchiare qualcosa di duro. Lei non poteva saperlo, ma la causa di quel disagio era la crescita dei nuovi molari.

All'inizio non trovò nulla d'interessante. A parte i mobili, lo spazio che la accolse sembrava quasi vuoto. Non c'erano odori umani recenti, né pantofole abbandonate, né piante. Niente da mordere. Fece come al solito, quando si trovava in un posto nuovo: circumnavigò la stanza annusando tutto il battiscopa. Ogni tanto s'imbatteva in un ostacolo fisso, allora lo aggirava per riprendere il percorso, sempre con il naso al pavimento.

Fu quella lucina intermittente ad attirare la sua attenzione. Si trovava in alto e iniziò senza preavviso a lampeggiare in piccoli aloni che, a sprazzi, illuminavano l'angolo di un comodino.

Ma la cosa che la incuriosì e un po' la impaurì fu che mentre lampeggiava quella lucina parlava.

Mayfair si bloccò, alzò il muso in direzione della spia luminosa e provò ad ascoltare la voce, muovendo la testa a piccoli scatti, ora a destra ora a sinistra, in quel modo buffo che hanno i cani quando sono particolarmente interessati alle cose sconosciute e a loro incomprensibili.

Qualcosa nel suo cervello stava andando in tilt. Sentiva

una voce umana, ma non c'era presenza umana. Provò ad avvicinarsi al comodino, calpestò un piccolo oggetto simile a un astuccio ovale, attaccato a un breve cavo e così si lasciò distrarre. Tutto sommato, le sue gengive reclamavano e quell'oggetto poteva davvero fare al caso suo. Si accucciò e iniziò un buon lavoro di rosicchiatura. L'aggeggio era rigido e non troppo divertente. Resisteva all'insistenza dei nuovi molari di Mayfair che scivolavano sulla sua superficie liscia e rigida senza riuscire a scalfirla. Ma la tenacia è una delle migliori virtù dei Terrier e l'arnese dopo qualche minuto dovette cedere. Si spezzò di netto in un angolo con un *toc* che la spaventò anche perché, rompendosi, le pizzicò il labbro. Il dolore la fece sentire sola e con tutta se stessa avvertì il bisogno di Carlo. La luce lampeggiante si era ormai spenta come la voce che produceva e l'istinto spronò Mayfair alla ricerca del suo amico. Riguadagnò lo spiraglio della porta e stava per uscire dalla camera quando ebbe un ripensamento. Ritornò sui suoi passi, afferrò fra i denti il nuovo gioco, e finalmente uscì trovandosi proprio davanti al muso le amate Church's di Carlo.

«Dove sei stata, porcogiuda? Quante volte t'ho detto di non allontanarti da me?»

Piegato su se stesso ad angolo retto, Carlo raccattò il cane e se lo mise dentro al giaccone. Mentre considerava che non faceva più caso di parlare a Mayfair come a un essere umano, le sfilò dalla bocca la refurtiva. Assomigliava alla guaina del suo registratore da taschino, ma in formato ridotto e in plastica dura trasparente. Si

domandò di cosa diavolo si trattasse e se lo infilò in tasca.
Alle sue spalle Giovanna non s'era accorta di nulla.

8

Samuel Brenner, medico legale di colore fra i più eminenti a Manhattan, si presentò alla centrale di polizia di Park Avenue e chiese di parlare con l'investigatore capo Kevin Monroe. Nonostante la sua mole extra large, rifiutò l'invito di accomodarsi in sala d'attesa. Era sicuro che non avrebbe dovuto aspettare molto perché, di norma, le informazioni che recava personalmente in commissariato erano le più urgenti e spinose. Infatti, dopo soltanto qualche minuto, vide entrare Monroe, sorridente come sempre. Il ritratto della salute americana per antonomasia. Un quarantenne atletico, capelli biondi a spazzola solo leggermente brizzolati.

«Ciao Samuel, qual mal vento ti porta? Devi avere notizie importanti immagino. Su quale caso?»

«Ti porto notizie soprattutto insolite, Kevin. Il fatto in questione è la morte improvvisa di Mattia Carli, quel funzionario italiano della Chase Manhattan Bank trovato senza vita nel suo ufficio tre giorni fa.»

«Dunque, devo dedurre che ormai siete sicuri che si tratti di omicidio. Ma vieni, parliamone da me», propose Monroe. Afferrò Brenner per il braccio e lo scortò nel suo ufficio. All'interno della stanza, chiusero la porta e sedettero nel salottino d'angolo.

«Avvelenamento», esordì sinteticamente Brenner.

«Sostanza?»

«Qui viene il bello: ricina.»

Monroe ebbe un moto di sorpresa. Prese un taccuino sul tavolo fra loro e si sporse verso il medico. «Ricina? Ma

non è il veleno usato dal terrorismo islamico di cui s'è trovata recentemente traccia a Londra in un appartamento abitato da un gruppo di algerini?»
«E' proprio un veleno sfruttato *anche* dal terrorismo internazionale.»
Monroe si accarezzò con la mano i capelli a spazzola e trasse un profondo sospiro. Per chi lo conosceva, quello era un gesto indicativo del suo grado di disorientamento. «Allora siamo costretti ad avvertire i federali.»
Brenner sapeva bene quanto la polizia americana non gradisca ritrovarsi fra i piedi l'FBI. «Non credo proprio, almeno per ora», lo tranquillizzò con un'occhiata saputa. «Sono più che certo che in questo caso Al Qaeda non c'entra nulla. Anche perché, semmai, oggi la ricina viene considerata, molto più dell'arsenico, il veleno ideale per delitti comuni e... perfetti. Infatti, pur essendo un veleno antichissimo, non è stato ancora formulato un antidoto. Inoltre, la sua presenza nel sangue non è riscontrabile a tempi brevi attraverso gli esami tossicologici. Dunque, dopo il misfatto, l'assassino ha tutto il tempo di scomparire dalla faccia della terra. E poi, ottenerla è semplicissimo: deriva dai semi della pianta di ricino da cui si estrae il comune olio. Sì, hai capito bene, il purgante», confermò il medico allo sguardo interrogativo di Monroe. «La componente tossica del ricino contenuta nella parte legnosa del seme, è idrososlubile e rimane nel residuo di spremitura. Tu stesso puoi immaginare come la sua estrazione 'casalinga' possa essere davvero un gioco da ragazzi...»
Monroe lo interruppe: «Continuo a non capire perché escludi la componente terroristica.»

«E' così semplice…Ti dispiace se prendo un po' d'acqua?»

Il poliziotto mal sopportava i tempi rallentati di Brenner, i suoi monologhi, le sue pause a effetto, il suo tono saccente. Tuttavia abbozzò con un frettoloso cenno d'assenso e il medico si servì dal distributore appoggiato alla parete. Quando finalmente Brenner si sistemò di nuovo nella poltrona con la destrezza di un pachiderma, Monroe lo sollecitò. «Vai avanti».

«Il mio giudizio poggia su deduzioni logiche, Kevin. E anche sulle caratteristiche della persona uccisa. Pur essendo una sostanza in dotazione fra le armi di sterminio in possesso dell'Iraq, l'Intelligence ha appurato che gli stessi iracheni ne hanno accantonato l'utilizzo ritenendola insufficiente per distruzioni di massa. In seconda istanza, non vedo quale possa essere l'interesse politico di far fuori uno come Mattia Carli.»

«Come fai a dirlo? Che ne sappiamo di lui? Quanti insospettabili si sono ritrovati nel mirino di Al Qaeda?» interloquì Monroe.

«Ti ripeto che le morti politiche per ricina oggi si contano sulle dita di una mano e non sono attribuibili al terrorismo islamico. Uno dei rarissimi casi riconosciuti riguarda un dissidente bulgaro, Georgi Markov, fuggito a Londra e freddato dalla ferita superficiale della punta di un ombrello spalmata di ricina.»

Il poliziotto spalancò gli occhi bruni: «Vuoi dire che può essere letale semplicemente attraverso una punzecchiatura?»

«Ma certo, amico mio! Anche Carli s'è punto con un piccolo ago avvelenato, sistemato nella carta di un cioccolatino.» Con un pizzico d'orgoglio, il medico intrecciò le dita e, prima di proseguire la sua relazione, attese qualche attimo per godersi lo sbalordimento muto del poliziotto, costretto una volta di più a picchiare il naso contro la sua famosa puntigliosità. «La ricina è letale a dosi minime rispetto ad altri veleni. L'assunzione di soli 2 milligrammi per chilo provoca la morte per coagulazione quasi immediata dei globuli rossi. In dosi inferiori, uccide in circa tre giorni, con dolori di ventre violenti, diarrea, febbre altissima, convulsioni e forti emorragie. Per quanto riguarda Carli, se n'è iniettata quanto basta per morire nel giro di un'ora al massimo, attraverso uno dei cioccolatini che gli ha recapitato una monaca, tale suor Serena, poco prima del suo arrivo in ufficio. E per fortuna non ne ha offerti in giro. Ci sarebbe stata una strage perché, per sicurezza, l'assassina aveva 'preparato' ciascun dolcetto in modo patologicamente maniacale. Se ci pensi, infatti, l'inserimento della piccola punta avvelenata è veloce e non compromette l'originale confezione dei dolcetti. Allo stesso tempo offre due possibilità di successo: la puntura diretta o l'ingestione attraverso il cioccolatino. Ora tocca a te. Avete già svolto indagini sul morto? Cosa ne sapete?»

«Ancora molto poco, come ti dicevo poco fa.» Monroe si alzò per verificare alcuni documenti sulla sua scrivania. «Vediamo: italiano, viveva a Manhattan da almeno vent'anni, sposato con un'italiana, tre figli…»

«Sposato? Tre figli?» sbottò Brenner visibilmente confuso.

«Qual è il motivo di tanto stupore? Sì, certo, Carli è sposato.»

Il medico parve riflettere a voce alta: «Molto strano. Aveva il corpo completamente depilato e smalto scarlatto sulle unghie dei piedi. Non mi pare davvero un esempio di virilità.»

«Buono a sapersi. Indagherò a fondo sulla sua vita privata», continuò l'investigatore. «Piuttosto non saprei dove sbattere la testa per ritrovare la suora. Investigheremo in tutte le chiese cattoliche di New York e dintorni, negli ospedali, negli aeroporti, nelle stazioni, negli alberghi, negli ostelli. Invieremo a tutti i commissariati italiani una descrizione sommaria della tipa, ma ci conto poco. Spogliata del travestimento da religiosa, questa donna può essere chiunque. Si sarà già dileguata nel nulla. Il tutto è abbastanza inquietante. Non trovi Samuel?»

«Sì, è strano. Anzi, molto strano. Dimenticavo di segnalarti un'altra curiosità che, con un po' di fortuna, può essere un piccolo indizio. Sotto il primo strato di cioccolatini alla ricina è stata trovata la foto di un cane. L'immagine è stata ripresa nella via di una città che sembrerebbe italiana. La Scientifica la sta studiando.»

«Un cane? Che tipo di cane?»

«Uno di quei piccoli Terrier inglesi da salotto. Come si chiamano? Yorkshire, credo.»

9

«Direttore? Sono Tonolli, la sto chiamando dalla strada.»
La ricezione del cellulare di Carlo era disturbata dai rumori delle auto e del martello pneumatico dei due gasisti.

«Sì, sono io. La sento molto male. Che succede? Ha visto la Bonelli?»

«Sono appena uscito da casa sua. Di lei ho conosciuto soltanto la voce.»

«Come? Non capisco niente. Che significa?» gridò Viani. «Perché non viene da me, oggi pomeriggio alle quattro? Ho tante cose da raccontarle e ho bisogno di prendere subito alcune decisioni.»

«Ci sarò, non si preoccupi, sono molto interessato. A più tardi.»

Da via XX Settembre a casa sua avrebbe impiegato almeno quaranta minuti, considerando il traffico di mezzogiorno di un martedì qualunque a Milano. Carlo si preparò psicologicamente ad affrontarlo. Salì sulla Mini con Mayfair, ormai addormentata dentro il piumino, e indossò l'auricolare del telefono.

Era appena partito quando il portatile trillò.

«Carlotto, amore, sono io, zia Lucia.»

«Ciao strega, dove sei?» Carlo ridacchiò. Sua zia lo metteva sempre di buon umore.

«Oh, tesoro, sono alla "Città di Milano". Sai? La clinica», gli rispose la zia assumendo un tono di circostanza.

«Ma da quando? Ti sei autoavvelenata con la tua perfidia?» scherzò lui.

«Sciocco, sono qui fino a domani per il consueto check-up annuale e pensavo che tu potessi venire a trovarmi.»

Il giornalista tentò con poca speranza di sganciarsi. «Sai che odio medici e ospedali, e poi ho un mucchio di cose da fare. Vedremo. Per adesso di sicuro non ce la faccio.»

«Dove sei?»

Che noia! Quando sua zia decideva di rompere le palle diventava imbattibile. Voleva sapere tutto, nei minimi dettagli.

«Ma che t'importa, dico io! Sono appena uscito da una villa in via XX Settembre, al 15/H. Soddisfatta?»

«Ma pensa, sei stato a trovare Maria Grazia? E' a Milano in questi giorni?»

*Din don…* La campanella nel cervello di Carlo riprese a suonare.

«*Tu conosci* Maria Grazia Bonelli?» La sua voce tradì un eccessivo interesse alla faccenda. Interesse che la zia colse e alimentò immediatamente.

«Sì, certo, amore! Sai com'è, fra noi nobili ci si conosce tutti. Lei è una mia cara amica d'infanzia. Da ragazze, siamo state insieme in collegio in Svizzera. Poi ci siamo perse di vista perché, pur amando moltissimo l'Italia, lei passava lunghi periodi dell'anno a New York dov'è nata. Suo padre, infatti, si era trasferito in America in giovane età e aveva fatto fortuna commerciando carne. Maria Grazia si è pure sposata a New York, con un pezzo grosso della Chase Manhattan Bank. Lui morì d'infarto circa dieci anni fa, ma lei non cambiò le sue abitudini. Ha una splendida casa sulla Sessantatreesima, vicino all'hotel Mayfair che ora non c'è più. A proposito, come sta la tua cagnolina? Ho voglia di vederla!»

«Che ne dici se passo a trovarti ora?» Carlo fibrillava.

«Ma come, non eri così impegnato soltanto pochi minuti fa? T'intriga la Bonelli? A suo tempo è stata una gran bella donna ma ora mi sembra un po' passatella per te», lo schernì Lucia Guanzani.

«Oggi, mia cara, sei in grado di dire più scemenze del solito. Mi piaci. Ci vediamo al massimo tra venti minuti.»

Carlo c'impiegò molto meno, fendendo il traffico a suon di clacson, parolacce, corna e quant'altro di peggio tratto dal repertorio del più maleducato fra gli automobilisti.

Sua zia lo accolse con un gridolino di gioia, da una camera che più di un ospedale sembrava quella di un grand hotel.

«Carlo, sei volato! E hai portato anche la piccola: non ti hanno beccato le infermiere?» melodiò.

«Anche se m'avessero beccato avrei risposto con una pernacchia», ripose lui abbozzando una linguaccia. Sistemò una Mayfair scodinzolante sul letto della zia, accostò una sedia, tirò fuori dalla tasca il notes, si sedette e iniziò l'interrogatorio: «Dimmi tutto.»

«Diciamo che sei un po' villano. Non mi hai nemmeno baciata. Ma che succede alla Bonelli? E' morta? Puoi dirmelo, non mi spavento», civettò la nobildonna.

«Ti prego, non farmi perdere tempo. La cosa sembra grossa.» Carlo riassunse brevemente i fatti alla zia, mentre friggeva pensando ai minuti che passavano. Nella sua tasca destra ardevano il telegramma da New York e il misterioso reperto di Mayfair, due elementi che doveva assolutamente studiarsi prima d'incontrare Viani e Ghezzi.

«Allora, zia, quando hai visto la Bonelli l'ultima volta?» martellò sbrigativo.

La donna si fece pensierosa: «Mi sembra cinque anni fa. Era arrivata dopo sei mesi di soggiorno a New York e voleva rivedere le vecchie amiche. Ci ha invitate tutte a pranzo. Sembrava allegra e in piena salute.»

«Cosa sai di sua nipote?»

«Tutto. Per esempio che non è sua nipote naturale. Quella tristona della Giovanna è in realtà figlia adottiva della figlia di Maria Grazia, Anita. Questa Anita vive da sempre a New York, con il marito, anche lui funzionario della Chase Manhattan Bank. È una che ama le opere di bene, l'Esercito della Salvezza, le riffe per i poveri, insomma quelle cose là. Ha conosciuto Giovanna in una di queste occasioni, circa vent'anni fa. Orfana, piena di problemi, bruttina. Così l'Anita se l'è presa in casa con gli altri due figli suoi e l'ha adottata in età piuttosto avanzata. Figurati che era quasi sua coetanea. Aveva già quasi trent'anni.»

Carlo era stupefatto. «Vuoi dire che quella lì ha cinquant'anni? Nel suo grigiore ne dimostra almeno dieci di meno.»

«Non ti fidare delle apparenze. Giovanna sembra la classica 'acqua cheta', ma ha creato non pochi problemi a tutti. Non a caso, alla fine, Maria Grazia la tiene il più possibile con lei, perché Anita non ce la farebbe.»

«Ma che tipo di problemi ha dato?»

«Psichiatrici. Di ogni genere. Dalla depressione alla cleptomania, dalla fobia sessuale alla bulimia. Giovanna è quella che si definisce una psicolabile.»

Carlo si alzò e baciò la zia sulla fronte. «Ok. Ne so

abbastanza per ora e il tempo stringe. Ti lascio ai tuoi prelievi e alle tue lastre.»

«E mi molli così? Ma dove vai, scusa?» Lucia Guanzani increspò le labbra in una smorfia triste.

Nel frattempo, un'infermiera entrata in camera reggendo la macchina per l'elettrocardiogramma, scorse Mayfair sul letto. Fece un sobbalzo e per poco non le caddero tutti gli attrezzi a terra. «Un cane? In clinica? Sul letto?» esclamò inorridita.

«Non si preoccupi signorina. Non vede che è di peluche?» Carlo afferrò la cagnolina, la infilò nel giaccone e raggiunse velocemente la porta. Ma prima di uscire mandò con la punta delle dita un altro bacio a sua zia: «Ciao, strega. E grazie! Ora me ne vado a casa dove scriverò un articolo-trappola per la *Tribuna*, poi farò la valigia e, penso entro domani, di partire per New York, sulle tracce della tua amica.»

Sì. Scendendo di corsa le scale della clinica, Carlo si convinse che l'unica cosa che doveva fare era andare al più presto a New York. Là avrebbe potuto indagare sulla permanenza della Bonelli precedente al suo ultimo ritorno a Milano. Inoltre, non poteva nemmeno escludere l'ipotesi che la donna non avesse mai lasciato Manhattan. Probabilmente dal telegramma dell'avvocato americano avrebbe ottenuto qualche indicazione. Non vedeva l'ora di aprirlo.


Rientrato in casa, Carlo saltò il pasto che la Tilde gli aveva preparato con amore e si buttò subito a riunire il materiale per Viani. Intendeva far pubblicare il giorno seguente la prima mail della Bonelli nella posta di "*Mayfair*", seguita da questa risposta: «*Gentile signora Bonelli, come sa, ieri sono stato a casa sua, ma purtroppo abbiamo potuto parlare ben poco. In più non siamo riusciti a conoscerci a causa della sua brutta influenza. Spero almeno che oggi lei possa leggere la mia risposta alla sua richiesta di aiuto sulla* Tribuna del Lario *perché desidero farle sapere che credo a ogni sua parola. Credo fermamente che lei sia minacciata da uno squilibrato e che, in effetti, ciò la possa mettere in pericolo di vita. Sto studiando con attenzione le lettere anonime che sua nipote mi ha consegnato e altri dettagli che ho potuto raccogliere in casa sua. Abbia cura di lei. Mi sentirà presto. Mayfair*»

Poi, finalmente, lesse il telegramma da New York. Era scritto in perfetto italiano: «*Gentile signora Bonelli, non essendo riuscito a rintracciarla per telefono né a New York né a Milano, le comunico attraverso questo telegramma di avere estrema urgenza d'incontrarla a causa dell'improvvisa scomparsa di suo genero, dottor Mattia Carli. Come lei può capire, preferirei che ciò avvenisse prima di essere interpellato da sua figlia Anita o da sua nipote Giovanna. Cordialmente Thomas McInney*»

Che storia era? Possibile che la Bonelli non fosse ancora al corrente della morte del genero? D'altra parte, forse ora la donna non si trovava nemmeno a Milano... Carlo rigirò fra le dita il misterioso arnese estratto dalla bocca di Mayfair e lo osservò. Di che cosa si poteva trattare? Sembrava la custodia del pezzo aggiuntivo di un videoregistratore, di una telecamera, di un computer...

meglio: di un apparecchio telefonico. Una delle facce della guaina era bucherellata come un piccolo altoparlante. Si avvicinò alla scrivania e confrontò l'oggetto con il suo cellulare. No. Non poteva essere la cover protettiva di un portatile. Era troppo piccola ed era priva dello spazio per la tastiera. Non ci capiva nulla eppure era sicuro che dovesse trattarsi di qualcosa relativo a un telefono.

Recuperò dal cassetto centrale della scrivania il libretto d'istruzioni del suo Nokia. Lo consultò per qualche minuto e, quando giunse al breve catalogo degli optionals, iniziò a capire.

L'arcano oggetto non era altro che la custodia di un vivavoce per telefono cellulare. Bingo! Il cervello di Tonolli iniziò a galoppare.

La voce della Bonelli proveniva dal vivavoce contenuto in quell'astuccio.

Carlo tentò di ricostruire i fatti. Verosimilmente, prima del suo arrivo alla villa di via XX Settembre, Giovanna aveva previsto che lui avrebbe insistito per parlare con sua nonna. Salita prima di lui nella zona notte con la scusa di verificare se questa avesse accettato di vederlo, la donna aveva telefonato alla Bonelli dovunque si fosse trovata, e aveva utilizzato un cellulare perché più difficile da intercettare rispetto alla linea fissa.

Le ipotesi potevano essere anche altre, ma di certo non troppo lontane dalla sua. Tuttavia il punto non era questo. Carlo era ormai sicuro che la Bonelli gli aveva parlato attraverso un telefono e, presumibilmente, sotto minaccia. E se invece a parlare non fosse stata lei, ma un'altra persona? ipotizzò in controcanto considerando che, in

fondo, non conosceva la voce della donna. Ma subito si convinse che, anche in questo caso, che fosse o non fosse stata lei a parlare non significava proprio nulla. Il dato sostanziale della faccenda era la certezza che quella mattina la Bonelli non era in casa.
E allora, dove si trovava? Rapita? Uccisa? Ma dove, porcogiuda, dove? E Giovanna, che ruolo aveva nella vicenda?

Il suo primo impulso fu di tornare subito in via XX Settembre per torchiarla. Si alzò, afferrò giaccone, berretta e cane, ma prima di uscire si bloccò. Troppo rischioso. Al solito, lui era illegalmente in possesso di elementi chiave alla soluzione del mistero. Si spogliò, tornò in studio e spianò sulla scrivania cinque delle dieci lettere anonime estorte a Giovanna. Classiche. Le parole, ritagliate da almeno tre diversi quotidiani, fra i quali riconobbe anche i caratteri dei titoli della *Tribuna del Lario* e dell'*Herald Tribune*, formavano frasi di minaccia di vita per la Bonelli, poco dissimili l'una all'altra: *«ATTENTA, sai che io so tutto… sai anche chi sono. Se parli conosci la tua fine…»*
Brutta storia. Bruttissima storia. Forse era già troppo tardi. Il campanello della porta spezzò i suoi pensieri. Mayfair abbaiò e lo precedette zampettando all'uscio.
«Buongiorno, Tonolli. Guardi un po' chi ho incontrato nella sua portineria: il commissario Ghezzi. Se lo ricorda? Dice di avere anche lui un appuntamento qui.» Ma quando captò lo sguardo febbricitante di Carlo, il sorriso di Viani sfumò.
«Entrate, presto, non c'è tempo per i convenevoli. Sono sicuro che siamo alle prese con una tragedia.»

Si trasferirono in studio dove Tonolli espose i fatti della mattina. I due ospiti non avevano aperto bocca durante tutto il racconto. Era ormai chiaro a tutti che si trovavano di fronte a un caso drammatico.

«A questo punto, direttore, domani dovranno apparire sul giornale sia la lettera della Bonelli sia la mia risposta. Da questo momento ogni nostra mossa dovrà essere rigorosamente segreta, anche perché, per ora, la polizia non sa nulla di questa vicenda.» Ignorandone lo sguardo accusatore, Carlo si rivolse a Ghezzi: «Per quanto riguarda lei, commissario, dovrebbe indagare con discrezione sulla famiglia Bonelli. Cercare di capire i rapporti della donna scomparsa con la nipote Giovanna, la figlia Anita- che, mi pare, brilli per la sua assenza- il genero Carli, e così via. Non devo essere io a insegnarle il suo lavoro.»

«Ma scusi, io non dovevo occuparmi di un travestito ucciso al parco Lambro?» gli domandò l'ex commissario turbato.

«E chi le ha detto di no, scusi? Ora ci arrivo», rispose Carlo brusco. Sapeva di essere obbligato a seguire anche la vicenda del Franzetti. Il mistero della foto di Mayfair affiorava di tanto in tanto alla sua mente come un'onda anomala. Estrasse dalla cassaforte il portafogli di Giuseppe o Giuseppina Franzetti dal quale poco prima aveva separato la foto del suo cane (per il momento preferiva tenere per sé quell'inquietante segnale) e allungò a Ghezzi tutto il resto. «Ecco qui. Provi a capirne qualcosa se ha degli amici al commissariato di via Feltre. Naturalmente senza far loro intendere che siamo in possesso del portafogli di questo disgraziato.» Questa volta Ghezzi non contestò il giornalista neppure con gli occhi. Ormai era entrato ufficialmente nel 'frullatore' e doveva riconoscere che si stava appassionando.

«Lei, invece, che intenzioni ha?» domandò Viani a Carlo sbirciando seccato il materiale del portafogli del Franzetti che il commissario stava esaminando e della cui esistenza lui era ignaro.

«Io m'imbarcherò sul primo volo di domani per New York, ovviamente. Lei crede che si possa occupare di tutto la sua segretaria? Vorrei viaggiare con Alitalia e desidererei una camera all'hotel Michelangelo, nella Cinquantunesima all'angolo con la Settima. Possibilmente al sesto piano. Comunque, il direttore dell'albergo sa già tutto, mi conosce bene. Mi raccomando il biglietto per Mayfair: può viaggiare in cabina con me, ma bisogna avvisare per tempo la compagnia aerea e pagare un supplemento. Infine, mi sembra inutile dirle che staremmo più comodi volando in business class.» Viani e Ghezzi prima si guardarono fra loro, poi insieme spostarono lo sguardo sulla cagnolina accucciata ai piedi di Tonolli, e nessuno dei due ebbe il coraggio di aggiungere altro.

**10**

Alle dieci di quella stessa sera le luci della mansarda di Tonolli erano soffuse. Dalla tv gracchiava il commento di una nota, noiosissima giornalista all'ennesimo fatto terroristico, in un talk show quotidiano che Carlo seguiva, in jeans, felpa e piedi nudi, gustando l'ottima pasta al sugo della Tilde innaffiata da un'eccellente bottiglia di rosso piemontese. Mayfair ronfava avvoltolata nel pullover di cashmere del suo amico, ai piedi della poltrona. Quadretto idilliaco.

*Da domani niente spaghetti buoni per un po'*, pensò Carlo tra una forchettata e l'altra. Tracciò un ultimo *check* mentale: la valigia era già pronta, biglietto aereo e *vaucher* dell'albergo pure. Il volo era previsto per le due del pomeriggio seguente, e calcolò che avrebbe dovuto prendere il trenino-navetta per Malpensa non oltre le undici.

Si alzò per portare il vassoio ormai vuoto in cucina e udì il trillo del citofono. «Chi è?» bofonchiò a bocca piena.

«Indovina!» fu la risposta pronta di una voce limpida di donna. Mayfair lo raggiunse curiosa alla porta d'ingresso proprio mentre dal vecchio ascensore fuoriusciva una splendida, sorridente Bamboo.

A Carlo si annebbiarono allo stesso tempo la mente e la vista.

Sin dall'inizio, l'effetto che quella donna aveva avuto su di lui era stato devastante. Non per nulla, quando si erano conosciuti, Carlo aveva tentato di resistere anche brutalmente all'incanto del suo fascino quasi inconsapevole. Mezza cinese e mezza americana, Bamboo Li Mac Neely riuniva i tratti più seduttivi delle due razze, anche nel carattere. Timida e passionale, discreta e insinuante, intelligente e illogica, colta e leggera. Insomma, una vera minaccia per la radicata, ragionata, metabolizzata scelta di single di Tonolli.

Ma quella sera... sarà stata anche colpa del Grignolino, Carlo perse pure ogni cognizione di tempo e di luogo. Vedeva soltanto quegli occhi profondi e obliqui perdersi nei suoi, sentiva soltanto la musica di quella voce, desiderava soltanto avere Bamboo addosso come una seconda pelle.

Al contrario di lui, Mayfair cambiò subito umore e iniziò a ringhiare come un pitbull.

«Sorpresa! Ho pensato di anticipare il mio arrivo. Mi sembravi di luna buona, *chéri*.»

«Ma che bella idea...» mormorò Carlo già da un altro mondo e la soffocò con un bacio.

Bamboo si abbandonò fra le sue braccia. «Hai la barba lunga», flautò.

«Ora non ho certo il tempo di radermi», commentò lui ancora incollato alle sue labbra. «Vieni, dobbiamo parlare. O forse è meglio non dire niente?»

Entrarono in casa allacciati come due ragazzini. Lui le scompigliò i capelli e affondò il viso nell'incavo del suo collo sottile. «Abbiamo lasciato un sacco di cose in sospeso, io e te.»

«Cosa?» lo stuzzicò lei intrecciando le dita in quelle lunghe, calde di lui.

Carlo non rispose. La baciò di nuovo e la spinse verso la camera da letto.

«Non ti pare di bruciare i tempi?» riuscì a domandare Bamboo con un filo di voce tentando di soffocare l'emozione.

Lui era lì, finalmente, come lei l'aveva sempre sognato. La sua voce roca sembrava una carezza. Nei suoi occhi grigi saettava una luce d'amore e di desiderio solo per lei. E ora le sue labbra da ragazzo erano schiuse in quel raro sorriso ironico e aperto che l'aveva affascinata, soggiogata.

Carlo si sfilò la felpa e le strizzò un occhio. «Ma cosa stai pensando? Voglio soltanto mostrarti la mia collezione di Van Gogh. Interessante, no? Soprattutto per una promessa della critica dell'arte come te...»

Bamboo stette al gioco ridendo. «Mmmm... molto interessante...»

Prima di chiudere la porta dietro di sé, Carlo captò lo sguardo torvo di Mayfair, accucciata in un angolo. Con un buffetto sul naso le sussurrò: «Non sono richiesti commenti, lo sai vero? Ci vediamo fra un po'...»

Anche quella mattina verso alle nove, come tutte le mattine a quell'ora da cinque anni, Fabio Traversi passò dall'edicola all'angolo della via a ritirare il pacco di quotidiani nazionali e regionali che il giornalaio gli metteva da parte. A lungo andare era una bella spesa, considerò afferrando il plico in cambio dei soliti trenta euro. Ma ne valeva la pena. Stava arrivando piano piano al completamento di quel puzzle demoniaco che avrebbe portato lui e la sua piccola agenzia investigativa all'apice di un grandioso successo.

Era capitato tutto per caso. Durante una ricerca in archivio sui veleni usati per omicidio, da appassionato enigmista il Traversi s'era accorto che alcuni casi citati, avvenuti in luoghi, tempi e stati diversi, presentavano le medesime caratteristiche. E, tutti, erano rimasti irrisolti.

La sua caccia era partita da lì e non era stata infruttuosa. Coincidenze, piccoli errori dell'assassina (oh sì, ora lo sapeva che si trattava di una donna!), minime tracce soltanto accennate dalle ricerche della Scientifica l'avevano accompagnato molto vicino alla chiave di quei fatti. Aveva atteso pazientemente una nuova azione dell'assassina, fino a due anni prima, quando era avvenuto l'ennesimo omicidio, a Vicenza. Traversi aveva visitato il luogo del delitto e, con il pretesto che il morto era amico di un suo cliente, aveva potuto seguire da vicino le indagini della polizia, ed elaborarle secondo i suoi personali studi. Nell'assoluto silenzio, fino alla prova finale, che si stava annunciando di ora in ora.

Sedette su una panchina dei giardinetti davanti a casa e iniziò a sfogliare la cronaca nera del primo giornale del pacco. Via via esaminò a fondo quasi tutti gli altri fino al penultimo quotidiano, *La Tribuna del Lario*. Si costrinse a vagliarlo con attenzione, anche se non s'aspettava nulla di nuovo. Giunto alla pagina della cronaca, gli cadde l'occhio sul colonnino a destra.
La rubrica di *"Mayfair"*.
Fu il nome della donna che scriveva chiedendo aiuto a farlo stranire.
Maria Grazia Bonelli! Doveva fare subito qualcosa, doveva chiamarla, doveva incontrarla. Ma se avesse avvisato la polizia tutto il suo lavoro sarebbe andato perduto. Si alzò in piedi e, come lanciato da una molla, corse verso casa.

12

Esattamente venti ore dopo la sua decisione di raggiungere New York, Tonolli riuscì a imbarcarsi su un nuovissimo 767 dell'Alitalia. Alle due di quel mercoledì pomeriggio, in perfetto orario, decollò da Malpensa, comodamente allungato in una poltrona della business class di fianco al finestrino della prima fila, con un calice di spumante in una mano e nell'altra il muso di Mayfair, ancora imbronciato.

Quella mattina Bamboo era uscita molto presto, mentre lui ancora dormiva, e non era riuscito a parlarle della sua imminente trasferta a New York (o forse l'aveva fatto apposta?).

D'altronde, come avrebbe potuto parlare di qualunque cosa la notte scorsa? Era ancora sconvolto dalle sensazioni da adolescente che Bamboo gli aveva scatenato. Quanto aveva desiderato far l'amore con lei? Quante volte aveva sognato di rivederla? Nei mesi precedenti si erano sentiti spesso per telefono ma nessuno dei due era riuscito a prendere l'iniziativa per incontrarsi. Lei, per il timore di sbattere una volta di più contro il muro di autodifesa di Carlo. Lui per soggezione. Sì, Bamboo gli faceva paura. Da molto tempo s'era costruito a fatica una vita da single impenitente. Non desiderava proprio le rotture di palle di una convivenza, né la classica routine di coppia, né l'inevitabile delusione che anche il più grande amore, dopo anni, comporta.

Ma l'improvvisata dell'arrivo di lei la sera prima, aveva rotto il ghiaccio in modo del tutto imprevedibile ed era perfettamente in linea con il film della sua esistenza senza regole né imposizioni. Ripensò per un attimo alla dolcezza di Bamboo, al suo modo di arrendersi alla passione, alle sue carezze. Risentì il suo profumo e, insieme, la voglia irrefrenabile di tornare indietro. Meglio non pensarci.

Si sforzò di riemergere alla realtà. L'arrivo a New York era previsto otto ore dopo, all'aeroporto JFK. Ora locale, quattro del pomeriggio. Una mezza giornata guadagnata. Il suo respiro accelerò. Emozione. Provò la solita emozione, dopo lo strappo da terra, in volo verso l'oceano aperto, in attesa di scorgere le coste infinite del New Jersey e poi, pochi minuti dopo, il mitico *skyline* di Manhattan.

La poltrona al suo fianco era fortunatamente vuota e, non appena poté liberarsi della cintura di sicurezza, vi piazzò Mayfair nel suo trasportino imbottito, un contenitore piuttosto maschile, come si confaceva al cane di un giornalista. Nero di fuori e grigio all'interno, Carlo l'aveva ricavato da una grande borsa per apparecchi fotografici che gli aveva riciclato un amico fotoreporter. Un accessorio per nulla omologato per volare visto che, in teoria, i cani di piccola taglia dovrebbero star chiusi in gabbiette rigide. Ma lui aveva confidato nella disponibilità dell'equipaggio e aveva deciso di imitare le fotomodelle che molto spesso incontrava negli aeroporti, con microcani al seguito, infilati in morbide borse supergriffate, più glamourous che pratiche ma assolutamente confortevoli per i cani. Mayfair doveva viaggiare comoda, non certo stressata da costrizioni.

«Lo sa, vero, che il cane dovrebbe stare rinchiuso?» gli aveva buttato lì con poca convinzione una sorridente hostess, fissandolo con sguardo fatale.

Tonolli aveva biecamente sfruttato il suo indubbio ascendente sulle donne e, con occhio assassino, aveva risposto: «Le eccezioni confermano le regole, o no? Essere troppo ligi non aiuta diciamo... la creatività.»

Sbattendo le ciglia, l'hostess l'aveva fatto passare. «Verrò più tardi a controllare come sta la piccolina», gli aveva cinguettato andandosene.

Il volo fu perfetto. Non s'imbatterono nemmeno nelle solite perturbazioni oceaniche o nelle immancabili raffiche di vento su New York e l'aereo toccò terra americana all'ora prevista.

Cielo blu cobalto e sole smagliante: *that's New York*.

Gli capitò un taxista vietnamita, insolitamente cortese ma, come tutti i suoi colleghi, scapestrato. In quaranta minuti di corsa affannata nel traffico, con la mano sinistra incollata al clacson, sfiorò ragazzi in bici assordati dagli walkman, evitò per miracolo carrozzelle a cavalli, truck dei pompieri con sirene spiegate e turisti indifesi, ma lo scaricò indenne davanti al Michelangelo.

Come molti giornalisti e manager connazionali, Tonolli aveva sempre alloggiato al Mayfair finché il leggendario hotel non era stato ristrutturato in un condominio superlusso. Da quel momento, circa sei anni prima, lui aveva seguito le sorti dello staff dirigenziale dell'hotel che era stato spostato *in toto* al Michelangelo.

Del Mayfair il Michelangelo aveva ereditato solo le proporzioni. Ovvero, era 'piccolo' rispetto agli altri famosi hotel di Manhattan come il St. Regi's, il

Peninsula, il Plaza. Ma per tutto il resto, non aveva il fascino anglosassone del Mayfair: l'ingresso, completamente in marmo rosa, riecheggiava più che altro certi lussuosi interni orientaleggianti e l'angolo bar, nei pesanti tendaggi di raso alle finestre e nei broccati dei mobili in stile, aveva qualcosa di veneziano.

Nell'arredo neoclassico delle stanze però, al Michelangelo si ritrovava tutta l'atmosfera del Mayfair, se ne respirava ancora l'aria. In più, la praticità di avere in camera l'apparecchio del fax, un telefono in ogni locale e la facilità di collegare il computer al voltaggio europeo, aveva definitivamente convinto Tonolli a rinunciare all'opzione di un hotel di fascino a Soho o al Village, i luoghi di Manhattan a lui più cari.

*«Mister Tonolli! Welcome in New York! Nice to see you! How are you?»*

Sam, il capo dei portieri gallonati, lo accolse con il solito entusiasmo. Vedere la sua facciona nera la mattina gli metteva subito allegria. Carlo gli porse prima la mano che, come già s'aspettava, l'altro stritolò e poi la valigia. Quindi lo seguì all'interno.

Quasi come fosse arrivato un capo di stato, tutti gli addetti del *bureau* preceduti da Bertoni, l'italo-americano direttore dell'albergo, si prodigarono con enfasi nel solito rituale di calorosa accoglienza di uno dei loro più vecchi clienti.

Le espressioni di gioiosa meraviglia da parte di ognuno alla vista di Mayfair furono la dimostrazione che al Michelangelo, come d'altra parte in tutta New York, i cani erano adorati. Carlo l'aveva notato più volte in passato e per questo non aveva pensato di preannunciare l'arrivo di Mayfair.

Quando conobbe il nome del cane, Bertoni fu sicuro che fosse un omaggio di Tonolli ai suoi lunghi soggiorni nell'hotel omonimo e ne fu esilarato quasi fosse un omaggio a lui stesso. Carlo non lo smentì. Sapeva bene che a New York l'orgoglio è il sentimento più forte e amava assecondarlo. Quando poi si trasformava in solidarietà, socievolezza, garbo, entusiasmo, ne veniva a sua volta contagiato.

Bertoni gli consegnò la chiave magnetica della stanza e il telefono cellulare *triband* prenotato da Milano, e lo accompagnò agli ascensori.

La camera 614 era la solita. Con doppia esposizione, una sul terrazzo del terzo piano dell'albergo, l'altra sulla Cinquantunesima, si trovava in fondo a una delle tante diramazioni del corridoio: unico vicino, il dirimpettaio. Perfetta. Anche a Mayfair sembrò tornare il buon umore: la nuova 'casa' le piacque moltissimo, e la esplorò naso a terra, lungo tutto il perimetro. La moquette vellutata color champagne attutiva ogni rumore di passo o di zampette e agevolava la zoppìa della cagnolina evitandole il rischio di scivolare.

Dimenticando per un attimo il motivo del suo soggiorno a New York, Carlo si sentì felice e pensò che sarebbe stato ancora più bello se ci fosse stata anche Bamboo. Senza considerare la differenza di fuso orario si attaccò subito al telefono

«*Hallo?*» la voce della ragazza sembrava giungere da un altro pianeta.

«Ciao, bella, sono Carlo. Ma che fai, dormi?»

«Di solito a quest'ora lo faccio sempre, *mon amour*!

Dove sei finito? Ti ho cercato tutto il giorno, ma il tuo cellulare era spento. Che ti è successo?»
Già. Il suo vecchio Rolex segnava le sei del pomeriggio il che significava che a Milano era mezzanotte.
«Niente di particolare. Il fatto è che sono a Manhattan», rispose lui come se fosse la cosa più naturale del mondo.
«A Manhattan?» rispose lei ancora fra la veglia e il sonno. «Come mi piacerebbe essere con te! Ti farei vedere casa mia… Ma scusa, che ci fai lì?»
«Ti spiegherò in un altro momento. Volevo dirti che purtroppo non tornerò a Milano almeno per tutta la prossima settimana.»
«E lo dici così? Perché ieri non me ne hai parlato? Era necessario questo viaggio proprio adesso?» Tornata ormai pienamente in sé, Bamboo lasciava trasparire tutta la sua delusione.
«Evita le domande cretine, per favore», ringhiò Carlo.
«Allora buonanotte, mister Simpatia. Richiamami quando sarai più in vena.»
Avvertendo il tono secco della conclusione del loro palleggio verbale, Mayfair rizzò le orecchie, piacevolmente interessata.
«All'inferno», imprecò Carlo a voce alta e schiantò la cornetta sull'apparecchio con un rumore sordo. Ci avrebbe pensato più tardi, ora aveva troppe cose di cui occuparsi.
Aprì lo sportello del comodino e agguantò l'elenco telefonico di Manhattan. Pochi minuti dopo, sul suo notes erano elencati indirizzi e numeri di telefono delle famiglie Carli e Bonelli. Poi chiamò la redazione del *New York Times* e chiese di parlare con Sandro Tinelli,

corrispondente italiano e, in passato, suo grande compagno di trasferte.

«Ciao, Sandro, sono Carlo Tonolli. Ti ricordi di me?»

«E come potrei dimenticare il Capo?» Il Tinelli l'aveva sempre chiamato così, senza una motivazione logica visto che non era mai stato un suo sottoposto, né Tonolli aveva mai ricoperto cariche dirigenziali nelle varie redazioni che aveva frequentato.

«Dove sei, brutta bestia?»

«Proprio qui, a pochi isolati dal tuo giornale.»

«*Wow*! Fantastico. Ci vediamo per cena?» La voce del collega esprimeva gioia sincera.

«Certo. Da "Balthazaar" ti va bene?»

«Una scelta un po' troppo trendy per te. Pensavo che ti volessi ingozzare con un bisteccone da "Ben Benson's" alla faccia delle ultime notizie sulla 'mucca pazza' americana.»

«Sei matto? Io sono vegetariano.»

«Ma da quando?» Tinelli sbalordì.

«Fatti gli affari tuoi e trovati da "Balthazaar" stasera alle nove con tutti i ritagli che riesci a recuperare sulla morte di Mattia Carli», tagliò corto Carlo.

«E chi è questo qui? Mi pare di aver sentito qualcosa la settimana scorsa sull'improvvisa scomparsa di un dirigente italiano della Chase Manhattan Bank... Cosa c'è sotto?»

«Fregatene e datti da fare.»

«E come faccio a fregarmene? Faccio anch'io il giornalista, ricordi? La regola è che, se hai una buona pista, devi imboccare anche gli amici. E dai, molla qualcosa. Hai scoperto qualche connessione interessante?

Sospetti un omicidio? Mafia? Spaccio? Estorsione? Riciclo di denaro sporco? Evasione fiscale?»
Il Tinelli sembrava una mitraglietta e Carlo lo arginò esasperato: «La regola semmai è l'opposto, ovvero depistare e, in particolare, proprio gli amici. Tranquillo, è una faccenda personale. Alle nove, da "Balthazaar", e non farmi aspettare come al solito.»

13

Ghezzi inforcò gli occhiali a lunetta per leggere il cognome sulla targa in ottone applicata al centro del portone della villa di via XX Settembre. Pigiò il campanello alla sua destra e poco dopo la filippina lo accolse con il suo incomprensibile idioma.

*«Pili pili, pili pili, pili pili.»*

La faccia del commissario assunse le fattezze di un punto interrogativo. «Buongiorno, mi chiamo Ghezzi. Sono un funzionario dell'Enel e sono qui per svolgere un sondaggio sull'utenza. Posso parlare con la signora Maria Grazia Bonelli?»

*«Nee!! Pili pili, pili pù!»*

«Prego?» Ghezzi pensò di essere incautamente capitato in un cabaret. Per sua fortuna alle spalle della cameriera si materializzò l'ombra grigia di Giovanna Carli. «Vai, Fé, me ne occupo io. Dica pure signor Ghezzi. La ragazza è appena arrivata e fa ancora molta fatica con la nostra lingua.»

«Me ne sono accorto. Dunque, come dicevo, sono un funzionario dell'Enel e sto svolgendo un sondaggio sulla nostra utenza. Posso entrare un attimo e farle qualche domanda? Lei è la signora Maria Grazia Bonelli?»

«No. Sua nipote. Mia nonna è malata e, a dire il vero, io stavo uscendo per un appuntamento urgente», rispose scostante Giovanna.

«Se crede posso ritornare, ma le porterei via solo pochi minuti...»

Con un sospiro di resa, Giovanna liberò l'ingresso e fece

entrare il commissario senza peraltro invitarlo ad accomodarsi in sala.

In piedi, nel grande atrio, Ghezzi provò un po' d'imbarazzo. «Non potremmo sederci a un tavolo? Dovrei prendere appunti», domandò assumendo un'aria dimessa.

Giovanna sbuffò e, con malagrazia, lo precedette dentro nello studio.

Sedettero alla scrivania, uno di fronte all'altra, e Ghezzi iniziò il suo interrogatorio.

«Sua nonna, Maria Grazia Bonelli, è intestataria della casa?»

«Sì.»

«Quante persone ci vivono?»

«Tre. Io, mia nonna e la domestica.»

«Fate uso quotidiano degli elettrodomestici? Lavatrice, lavapiatti, aspirapolvere…»

«Ma è ovvio, scusi.» La donna rispondeva svogliatamente, tamburellando nervosa le dita della mano sul piano del tavolo.

«Mi permette di vederli per controllare se gli attacchi sono a norma?»

«La prego! Non vorrà mettere in dubbio che non abbiamo un impianto elettrico a norma, in una casa come questa!» Giovanna alzò la voce e Ghezzi capì che doveva proseguire con maggior cautela.

«Possedete lampade alogene?» riprovò.

«Certamente! Ma mi scusi, dove vuole arrivare?»

«Le spiego, signora: ci risulta che le vostre bollette siano particolarmente alte e vorremmo capire se…»

In quel preciso istante squillò il telefono. Giovanna

rispose subito.

«Mi scusi. Pronto? Mamma, sei tu? Ti sento molto lontana... Come? Cosa dicono di papà? Aspetta, non sono sola. Vado all'apparecchio in camera.» Sconvolta, la donna lasciò la stanza di corsa senza una parola. Non appena la sentì salire due a due i gradini dello scalone, Ghezzi aprì il cassetto centrale della scrivania e iniziò a rovistare tra fogli, libretti degli assegni, documenti e quant'altro. Si stupì alla vista, sul fondo, di una pistola automatica, molto piccola, da borsetta. Poi scorse una serie di quaderni con la copertina nera e un'etichetta sul recto. Su ognuna era segnato il contenuto. *"Conti casa"*, *"Spese varie"*, *"Bollette"*. Sull'ultima lo attirò la scritta *"Privato"*. Agguantò il quaderno e fece appena in tempo a infilarlo nella sua cartella quando in studio rientrò Giovanna, ancora più spiritata.

«Senta, mi deve scusare, ma non ho più tempo per lei. Non me ne importa nulla se le nostre bollette sono troppo alte. In questo momento ho gravi problemi da risolvere. Se ne vada, per cortesia.»

Ghezzi non aspettava altro. Si alzò e guadagnò l'uscita quasi correndo.

14

Maria Grazia Bonelli abitava al 561 della Sessantatreesima, fra la Park Avenue e la Lexington, a dodici isolati in parallelo dal Michelangelo, più circa altri tre in perpendicolare. Carlo stabilì che ce l'avrebbe fatta a piedi in un quarto d'ora, perciò pensò bene di non telefonare e di presentarsi senza alcun preavviso.
Dietro i grattacieli il sole iniziava a scomparire e l'aria si era fatta più fredda. Imboccò a passi lunghi la Sesta Avenue verso il Central Park e all'istante venne investito da folate di vento taglienti. Mayfair s'era rincantucciata il più possibile dentro il suo imbottito, ma non riusciva a non guardare quel mondo nuovo, rumoroso ma non fastidioso, luminoso ma non accecante, affollato ma non soffocante. Ogni tanto Carlo vedeva dall'alto le piccole orecchie rizzarsi e il muso sporgere curioso fra un bottone automatico e l'altro.
«Ti piace Manhattan vero, amica mia? Te l'avevo detto: sembra un enorme luna park!»
Dalla Park Avenue Tonolli svoltò nella Sessantatreesima. Il 561 corrispondeva a una casa bassa, in stile anglosassone, con la tipica scaletta nera in ferro battuto che accompagnava alla porta d'ingresso, a un metro più in basso del livello del marciapiedi. Il cancelletto esterno era chiuso e lui suonò il campanello. Dovette risuonare e attendere ancora qualche istante, prima di veder comparire sulla soglia una signora anziana, magra e piuttosto alta, in giacca di tweed e pantaloni di velluto. Forse per i capelli grigi raccolti in una crocchia morbida

all'apice della testa, o forse per gli occhi azzurrissimi e l'abbigliamento maschile, a Carlo ricordò l'attrice Katherine Hepburn.

*«Hi, I'm looking for Mrs Bonelli.»*

Nonostante l'inglese perfetto, Tonolli evidentemente tradiva la sua origine italiana, perché la donna con un sorriso freddo gli rispose nella sua lingua.

«Buonasera, la signora Bonelli non c'è. Lei chi è?»

Il giornalista avvertì Mayfair innervosirsi. Addirittura gli parve di sentirla emettere un breve ringhio e cercare di nascondersi ancora di più dentro il piumino.

«Mi chiamo Carlo Tonolli e sono un suo amico.»

«Se è un suo amico dovrebbe sapere che la signora in questo momento è a Milano.»

«Per la verità, più che amica mia è amica di mia zia, Lucia Guanzani e, dal momento che per lavoro mi trovo a New York, ho pensato di passare a salutarla da parte sua. Anche perché ci ha tanto parlato della sua casa di Manhattan ed ero molto curioso di vederla.»

«Ma la contessa Guanzani conosce molto bene questa casa!» lo smentì la donna con un'occhiata di scherno. «E' stata ospite di Maria Grazia più di una volta. Oh, mi scusi, non mi sono ancora presentata. Sono Annamaria Pezzi, governante personale e dama di compagnia della signora Bonelli.» Gli aveva risposto in modo irritante, con un sorriso sbieco che Carlo proprio non gradì. Quella donna era riuscita a metterlo in corner con la sua aria beffarda e ora lui si trovava lì sui due piedi, rigido come uno stoccafisso, senza risolversi né ad andare né a saper cosa dire d'altro.

«Ma la prego, entri. Se vuole le offro un tè, così potrà

vedere la casa di Maria Grazia.» La Pezzi fece scattare la serratura del cancelletto e gli fece strada. «Le posso dedicare pochi minuti, perché purtroppo stiamo attraversando un terribile momento. Il genero di Maria Grazia, Mattia Carli, è morto pochi giorni fa.»

«Ho saputo, infatti. Ma com'è successo?» Carlo non era per niente tranquillo e Mayfair continuava ad agitarsi sul suo petto.

«Non è stato ancora chiarito. E' morto improvvisamente. Forse un infarto, un aneurisma: siamo in attesa dei risultati dell'autopsia.»

La Pezzi lo guidò all'interno e gli mostrò tutti gli ambienti. La casa era a dir poco straordinaria. Si svolgeva su tre piani. Al piano terra, il soggiorno, la sala da pranzo, la cucina e il guardaroba circondavano la scala liberty in ferro battuto e marmo che portava ai piani superiori. Il primo piano riuniva tre camere da letto, due bagni, uno studio e un salottino. L'ultimo livello mansardato era l'appartamento privato della padrona di casa. Alle pareti i quadri d'epoca non lasciavano spazio che per le *appliques*, sui pavimenti, tutti in doghe di legno antico, erano stesi tappeti preziosi. I mobili inglesi autentici confermavano la raccolta di più vite, di viaggi, di storia, di cultura e… di denaro.

La donna parve leggere nei suoi pensieri. «Lei sembra in estasi. Questa casa è il paradiso di Maria Grazia, nella città che più ama.»

«Lo vedo. Sembra che qui abbia riunito gli oggetti più importanti della sua vita», commentò lui.

«Infatti. E' proprio così. Ora si accomodi in salotto. Vado a prepararle il tè.»

Carlo si levò piumino e berretto e si allungò in un divano Frau. Pose a terra Mayfair ma la cagnolina non ci pensava neppure a staccarsi da lui e grattandogli una Church's gli fece intendere di voler riguadagnare il suo posto sulle sue ginocchia.

«Si può sapere cosa ti piglia? Cosa c'è che non va in questa casa porcogiuda?» Pur sapendo che non sapeva negare nulla a Mayfair, protestò e, sbuffando, la prese in braccio.

Poco dopo arrivò la Pezzi, reggendo il vassoio con tè e pasticcini. Lo appoggiò sopra un tavolino d'angolo e iniziò a versare la bevanda nelle tazze.

«Come mai la signora Bonelli non è a New York? La morte del genero giustificherebbe la sua presenza vicino alla figlia, no?» insinuò Tonolli.

«Maria Grazia è tornata a Milano da una decina di giorni e per questo io sono venuta qui. Infatti, ultimamente, non vuole lasciare incostudite le sue case e si fida solo di me. Così quando lei è qui io sono a Milano e viceversa. Ha conosciuto Giovanna?»

Mayfair mugolò.

«Non mi ero accorta che ha un cane con sé», notò all'improvviso severa la donna.

Mayfair riprese a ringhiare e questa volta volle scendere a terra. Inconcepibilmente per lui, Carlo era imbarazzato.

«Posso lasciarla a terra?»

La Pezzi annuì algida.

«Mi chiedeva se conosco Giovanna? Certo, è la nipote vero?»

Senza perdere di vista Mayfair, con evidente disappunto Annamaria Pezzi gli allungò la tazza e un tovagliolino ricamato. «Sì. La povera Maria Grazia se ne fa carico da anni e non può immaginare quanti problemi le dà. Da quando abita con lei siamo costrette a vivere separate perché Maria Grazia non può lasciarla sola nemmeno un minuto. Ed è questo il motivo che ora le impedisce di essere qui con Anita.»

«Certo che per una donna anziana è un bel problema. Tener testa a una persona psicolabile non è da tutti anche in età meno avanzata», commentò lui.

Nel frattempo Mayfair s'era accucciata sotto il tavolino e non la piantava di ringhiare e uggiolare.

«Ma che cos'ha il suo cane? E' sempre tanto nervosetto?» La Pezzi a questo punto era seccata.

Sempre più stupito di se stesso, Carlo arrossì. «Avete per caso animali in casa? A volte si comporta così in presenza di gatti, per esempio.»

«Animali qui? No di certo», ribatté gelida la donna.

*Touché.* Finalmente a Carlo fu chiaro che in quella casa gli animali non erano graditi. Appoggiò la tazza sul tavolino, si alzò, si rivestì e chiamò Mayfair. La cagnolina non accennava a voler uscire dal suo rifugio. Impensabile. S'inginocchiò e allungò le braccia per afferrarla da sotto il tavolino e, soltanto allora, si accorse che Mayfair oltre a ringhiare, tremava come una foglia. Paura. Ecco cos'era. Meglio, terrore. Ma di che cosa? Carlo l'accarezzò e la fece scivolare dolcemente verso di sé finché non riuscì a stringerla e a piazzarla dentro il piumino. Alzandosi da terra vide occhieggiare dal portariviste una copia della *Tribuna del Lario*. Allora si girò e, recuperando tutta la sicurezza di se stesso, piantò il suo sguardo grigio piombo in quello color cielo della

Pezzi e le disse: «A proposito, lei è al corrente delle minacce che sta subendo la signora Bonelli?»

«Certo. Di Maria Grazia so tutto. Anche se di quei fatti non ama parlare perché teme che anch'io come Giovanna li ritenga frutto della sua... potrei dire, spiccata fantasia.»

«Ed è così?» Gli occhi grigi di Tonolli e quelli di carbone di Mayfair erano ancorati sulla donna.

«In parte sì. Purtroppo Maria Grazia è vittima di un difficile momento di stress.»

«*In parte* come? Si riferisce forse alle lettere anonime?»

«Sì, perché sono l'unica testimonianza tangibile di quello che afferma Maria Grazia. A quelle lettere non so proprio dare una spiegazione. A meno che...» La Pezzi scosse la testa e si bloccò a metà della frase con aria contrita.

«A meno che *cosa*?» la incalzò Carlo.

«No. Per favore, non mi faccia dire di più.»

«Dica. Dica pure».

«Be', visto lo stato depressivo di Maria Grazia sarebbe lecito pensare che queste lettere le abbia... prodotte lei stessa.»

Nonostante l'aria di compatimento espressa dalla voce e dallo sguardo della donna, Carlo non poté fare a meno di captare sulle sue labbra un breve sogghigno.

«Per la verità, mi sembra una teoria piuttosto azzardata. Comunque», disse avviandosi alla porta, «... grazie del tè e dell'ospitalità. Quando sentirà la signora Bonelli la saluti da parte mia».

La donna accennò un breve saluto chinando il capo, aprì la porta, fece scattare il cancelletto e rimase sulla soglia finché non vide l'uomo scomparire. Poi svelta rientrò in casa e staccò il cordless dalla centralina dell'ingresso.


Mayfair s'era tranquillizzata e ora stava ronfando. Carlo allungò il passo per tornare sulla Sesta dove avrebbe preso un taxi per Soho. Ormai erano quasi le otto e si stava avvicinando l'appuntamento con Tinelli al "Balthazaar". I grattacieli di Manhattan erano già totalmente illuminati e ancora una volta Carlo ne ammirò l'effetto notturno. Non ricordava chi gli avesse detto che le luci di New York erano studiatissime. Da una cert'ora in poi, poco prima dell'imbrunire, venivano accesi soltanto alcuni piani delle torri, dal basso verso l'alto, alternativamente e in tempi diversi in modo che la città s'illuminasse con gradualità, creando giochi di luce come disegni di grafic computer.
Si era lasciato ancora distrarre dalla meraviglia di Manhattan ma, proprio come l'illuminazione dei suoi grattacieli, gradualmente e allo stesso tempo improvvisamente, gli riaffiorò la strana sensazione che gli aveva suscitato l'incontro con Anna Maria Pezzi.
Cosa sapeva esattamente quella donna? Sapeva che la Bonelli s'era rivolta a lui per chiedere aiuto? Considerata la presenza in quella casa di una copia della *Tribuna*, la sola risposta plausibile sarebbe stata affermativa, però lei non l'aveva nemmeno accennato. Né si era premunita di approfondire come mai lui era al corrente delle minacce alla Bonelli. E poi, da un lato la Pezzi gli aveva parlato apertamente di Giovanna trattandolo come un amico fidato, dall'altro, pur facendogli intendere di ritenerla

una malata di mente, si era dichiarata d'accordo con lei sulla scarsa attendibilità delle affermazioni di sua nonna.
Carlo aveva ormai raggiunto l'incrocio con la Sesta e vi si piazzò con il braccio alzato. L'ora era buona e quasi subito un taxi si arrestò a pochi centimetri dalle sue Church's.
*«Spring and Broadway, please.»*
L'autista nero annuì con un grugnito e ripartì.

## 15

Aveva chiesto espressamente di non farsi passare nessuna telefonata, nemmeno se si fosse trattato del Presidente della Repubblica, e ora quell'oca della nuova segretaria insisteva che un tizio *doveva* parlare con lui per ragioni di vita o di morte.

«Ma chi è questo Traversi?» sibilò Viani.

«Non so direttore, a me non vuol dire nulla. Dice che la faccenda riguarda il pezzo di oggi nella rubrica di Tonolli.»

Però, sveglia la ragazzina, si ricredette il giornalista fra sé. «Me lo passi subito.»

«Direttore, mi chiamo Traversi. Ho bisogno di parlare al più presto con il giornalista che segue la rubrica *"Mayfair"*… la segretaria non vuole fare il suo nome, per questo la disturbo», farfugliò una voce d'uomo concitatissima.

«Infatti. Noi non intendiamo svelare il nome del giornalista se non lo fa lui stesso, tanto più a uno sconosciuto.»

«Lei deve capire che si tratta di vita o di morte. Sono al corrente di molti fatti riguardo la situazione di Maria Grazia Bonelli. Ho bisogno di accordarmi con lui, di verificare alcune cose, di spiegargliene altre. Sono un investigatore privato e…»

Viani s'intromise nel monologo dello sconosciuto: «Niente da fare, mi dispiace. Fra l'altro la persona in questo momento non è in Italia. E' partito per New York…»

«Nooo!»Traversi irruppe con un grido. «Non doveva… non doveva andare a New York! Ora non c'è più rimedio.»
«Ma cosa sta dicendo, scusi? Mi dica subito tutto o avvertirò la polizia.» Viani era stato imperioso ma come risultato si sentì chiudere sul muso la comunicazione senza una parola.

16

Ettore Ghezzi arrivò alla stazione di Lambrate quasi un'ora dopo l'incontro con Giovanna Carli. Durante tutto il tragitto in tram non pensò ad altro che a se stesso. Ma che stava facendo? Dov'erano finiti i suoi trent'anni di onorato servizio in polizia? Dov'erano finiti il suo famoso senso dell'onestà, la sua correttezza, il suo rispetto per le istituzioni? Tragica risposta: a farsi serenamente benedire da Tonolli. In realtà, l'ex commissario era entusiasta come un bambino. Non vedeva l'ora di scandagliare le pagine del quaderno sottratto nella villa di Maria Grazia Bonelli, stretto sotto il suo braccio nella cartella di pelle nera da travet. Raggiunse il binario del treno che lo avrebbe ricondotto a Como e sedette su una panchina. Buttò uno sguardo al tabellone delle partenze e notò che era previsto un intercity per la sua città prima di cena. Senza pensarci troppo, decise di fare un salto al vicino commissariato di polizia di via Feltre per chiedere qualche indiscrezione sul cadavere del travestito del parco. A piedi ci avrebbe impiegato non più di dieci minuti.

Durante il tragitto, continuò incredulo la sua autoanalisi. Chi, soltanto qualche mese prima, avrebbe potuto affermare che di quel matto di Carlo Tonolli lui avrebbe assorbito non solo le pessime abitudini investigative ma anche i ritmi fagocitanti e il sacro furore che sentiva pulsare senza rimedio fra le costole?

Rise fra sé mentre chiedeva alla poliziotta all'entrata dove poteva trovare un vecchio collega, il commissario

89

Pinti.

La ragazza gli indicò l'ufficio. «E' fortunato. Oggi è di turno alle *Denunce*. Prego, mi segua.»

Quando Pinti lo vide s'illuminò: «Ma guarda chi c'è! Come stai Ghezzi? Come te la passi in pensione?»

Dopo i preamboli, l'ex commissario lanciò la palla: «Ne sai qualcosa del transessuale trovato morto al Parco Lambro?»

«Be', ne so molto, ma...» Il collega nicchiava.

«Non temere. E' semplice curiosità. Mi ha colpito la notizia perché, come puoi capire, anche lontano dal lavoro gli interessi non cambiano. Il caso me ne ricorda un altro di cui mi occupai tempo fa e mi diverto a ipotizzare i possibili risvolti.»

«Capisco, il lupo perde il pelo... Comunque la storia è strana perché il Parco Lambro non è frequentato da questo tipo di visitatori. Ancora più strano è il fatto che il tizio sia andato in visita a una signora ospite di una residenza per anziane gestita da suore proprio adiacente al parco.»

«Avete capito che legame c'era fra i due?»

«Purtroppo no, perché si sono dati appuntamento all'interno del parco, nell'orario della passeggiata mattutina. La signora non è stata ancora identificata. Infatti, noi siamo venuti a conoscenza dell'incontro da un'altra ricoverata, la signora Fiocchi. Sandra Fiocchi. Molto anziana, vittima ripetutamente di ictus con conseguente grave difficoltà di espressione. Malgrado ciò, la sua testimonianza ci sembra fondata perché la donna è più che lucida. Tutte le altre ospiti negano con decisione di avere avuto rapporti con il morto. Vai poi a sapere se è vero o se semplicemente hanno paura o vergogna di confessarlo. I primi risultati dell'autopsia indicano l'avvelenamento come causa primaria del decesso.»

«Avvelenamento? Bizzarro. La sostanza?»

«Non dovrei dirlo, ma conoscendo quanto sei adamantino… ti faccio 'giocare' un po'. Si tratta di ricina.»

Per l'accenno del collega alla sua onestà, Ghezzi non riuscì a contenere il rossore violento che gli si diffuse su tutto il volto. «Ricina? Non avevo mai sentito parlare di ricina nei casi comuni di omicidio.»

«Infatti. Si tratta di un veleno micidiale usato un tempo soprattutto per delitti politici che, ingerito o iniettato sottopelle nelle dosi giuste, non dà scampo, ti fa coagulare il sangue in pochi minuti.»

Ghezzi poteva ritenersi soddisfatto. Si alzò in piedi: «Ora devo proprio andare o perderò anche l'ultimo treno per Como. Grazie Pinti, e buon lavoro.»

«Ciao, amico. Mi ha fatto piacere vederti. Quando hai voglia di fare quattro chiacchiere o di respirare ancora un po' della nostra aria, ripassa di qui, mi raccomando.»

Stanne pur certo, pensò Ghezzi con un sorriso, e infilò svelto l'uscita.

17

Al "Balthazaar", versione americana della più classica *brasserie* parigina, c'era la solita folla di gente variopinta in attesa di un tavolo libero. Tonolli si felicitò di aver prenotato per tempo, fendendo la fila di sagome in nero minimale, con occhialini anni Sessanta, capigliature moicane, teste rapate e ragazze in gonnelline vintage a gambe nude e sandali infradito. Si meravigliava ogni volta notando come quasi tutte le newyorkesi, alternative e non, potessero fare a meno delle calze alle temperature non proprio miti della loro città.

*«No dogs, please.»* Il clone di ragazza trendy con voce nasale, in piedi dietro il piccolo leggìo delle prenotazioni, non aveva nemmeno alzato lo sguardo, eppure si era accorta di Mayfair.

*«She's so little»,* tentò Carlo.

*«No dogs. It's the law.»* Ferrea. E anche odiosa. Carlo aveva scordato che nei ristoranti di Manhattan era vietatissimo l'ingresso ai cani. Tornò sui suoi passi, uscì in strada, cacciò Mayfair dentro il giaccone, chiuse totalmente la zip e rientrò nel locale mentre le porte a vetri gli riportarono un'immagine di sé molto simile a quella di un uomo incinto.

«Ok.» Il 'clone', soddisfatto, gli indicò il tavolo dove il Tinelli era già in sua attesa.

«Ciao, Capo! Che fai, non ti spogli? Qui dentro fa un caldo torrido.»

«Lascia perdere, ho un po' d'influenza. Come stai?»

Per quanto riguarda il riscaldamento, è noto che a New

York non si è mai badato a spese e in effetti Tonolli si sentiva come se fosse stato avvolto da un'enorme borsa per l'acqua calda. Pensando più a Mayfair che a se stesso, abbassò di qualche centimetro la zip dell'imbottito.

«Hai messo su un po' di pancetta o sbaglio?» lo provocò sornione il Tinelli.

«Tu invece hai allargato la piazza, mi pare. Sembri una palla da biliardo», lo rimbeccò pronto Carlo.

Risero forte, come una volta, mentre Mayfair, frastornata, sobbalzava nel contenitore ovattato del piumino di Carlo.

In attesa dell'insalata con formaggio di capra caldo e vino bianco francese, entrarono subito in argomento.

«Ti ho portato tutto quello che ho trovato sul caso Carli. Non è molto, ma è la conferma che avevo ragione: gatta ci cova. Si tratta infatti di omicidio. Sono stati resi noti soltanto ieri i risultati dell'autopsia che, come leggerai, dimostrano che il tizio si è iniettato una buona dose di ricina.»

«Ricina?» Tonolli fissò lo sguardo sbalordito in quello del collega. «Strana scelta. Una sostanza legata al terrorismo islamico. Vuoi dire che si tratta di un delitto politico?»

«No. Quest'ipotesi è già stata esclusa, anche se non si riesce a capire quale sia il movente. Carli si è ferito con un ago avvelenato inserito all'interno della confezione di un cioccolatino. Sembra che la scatola di dolci avvelenati gli sia stata recapitata in ufficio da una religiosa, oltretutto cieca e claudicante. Non è stato riscontrato alcun furto né è stato possibile risalire all'identità della visitatrice del Carli.»

«Mmmm», annuì Carlo riflessivo.

Il caldo, diventato insopportabile, gli diede la sensazione di essere sul punto di lessare. Sovrapensiero abbassò ancora la zip di qualche centimetro e Mayfair ne approfittò, spuntando boccheggiante e scarmigliata all'altezza del suo diaframma.

«E quello chi è?» Il Tinelli spalancò gli occhi come due uova al tegame.

«Non lo vedi? Un cane.»

«Ma… è tuo?»

«No, del mio gemello. La pianti di fare domande inutili?»

«Strana coincidenza. Nella scatola di cioccolatini alla ricina hanno trovato la fotografia di un suo simile…»

Carlo percepì un brivido correre lungo la spina dorsale come una scossa elettrica e non riuscì a soffocare un singulto. «Cosa stai dicendo?» gridò.

Il Tinelli cercò di placarlo: «Ma che fai? Gridi? Sì, nella confezione di cioccolatini è stata trovata la foto di uno Yorkshire, scattata probabilmente in una città italiana. Comunque se guardi i ritagli la potrai vedere anche tu: è stata trasmessa alla stampa nella speranza che qualcuno possa riconoscere il cane. Magari non è nulla di significativo. Ma che hai, Capo? Chi è per te questo qui? Lo conosci? Mi sembri un po' troppo su di giri.»

Per non insospettire l'amico, Tonolli fece appello a tutto il suo *self control,* ignorò le domande sui suoi rapporti con il morto e riportò il tono della conversazione alla normalità. «Scusa, ma sono un po' stanco e qui si muore di caldo. Che c'è d'altro da sapere sul Carli?» insistette tentando di far finta di nulla.

«Non molto. A meno che non ti possa interessare

conoscere il lato forse meno significativo ma più imprevedibile di tutta la faccenda, che riguarda le 'abitudini particolari' del morto.»

«Vale a dire?» Carlo era tutt'orecchi. Nel frattempo si avvicinò al tavolo un cameriere con le due insalate e lui fece appena in tempo a gettare sulla testa di Mayfair il tovagliolo, sotto lo sguardo esterrefatto del Tinelli. «Allora? Quali sarebbero queste 'abitudini particolari' del Carli?» continuò come se nulla fosse.

Nonostante parlassero italiano, il Tinelli abbassò la voce e gli sussurrò con fare misterioso: «Sembra che il tipo avesse una doppia vita e una doppia identità sessuale. Il suo corpo era completamente depilato e le unghie dei piedi erano smaltate di rosso, come le donne. In più, da un mio informatore, ho saputo che la polizia ha trovato in casa sua pezzi d'abbigliamento intimo femminile e prodotti da trucco nascosti in un armadio del suo studio.»

18

*APPELLO A TUTTI I LETTORI*
 *DOV'E' FINITA MARIA GRAZIA BONELLI?*
*Misteriosa scomparsa di una nobildonna milanese*

*Osservate questa fotografia, con attenzione. In questo momento, la persona che vi è ritratta, può essere nelle mani di un assassino.*

*La signora si chiama Maria Grazia Bonelli e, come ricorderete, due giorni fa abbiamo pubblicato la sua accorata richiesta d'aiuto. La Bonelli affermava di essere minacciata di morte da uno psicopatico che, da tempo, le invia inquietanti lettere anonime. Come aggravante, nessuno (nemmeno la polizia) ha finora preso in seria considerazione il suo problema.*

*Noi abbiamo tentato inutilmente d'incontrarla e, purtroppo, ci siamo convinti che la signora in Bonelli è scomparsa. Ne abbiamo le prove concrete, prove che ci sembrerebbe prematuro manifestare ora.*

*Per questo ci appelliamo a chiunque l'abbia vista e che possa fornirci sue notizie recenti. La foto tessera in bianco e nero che pubblichiamo qui a lato, risale malauguratamente a dieci anni fa. E' stata fotocopiata dalla sua vecchia patente di guida (concessa cortesemente dalla Motorizzazione Civile). Tuttavia è la sola che abbiamo potuto ottenere.*

*Infine, pur senza troppe speranze, ci rivolgiamo proprio a lei, cara Maria Grazia: nel caso remoto che, dovunque si trovi possa leggere queste righe, si metta subito in*

*contatto con noi attraverso questo numero di telefono: 031-473265.*
*Il nostro indirizzo e-mail lo conosce già.*
*Mayfair"*

*Nota per il direttore: <u>da piazzare sul primo numero della</u> <u>Tribuna</u> <u>raggiungibile!!!</u>*

Viani lesse d'un fiato la mail di Tonolli da New York e la passò senza attendere un secondo di più a Marino Bianco, capocronista responsabile della pagina. Ma quando si ritrovò solo nel suo ufficio si rese conto che il breve pezzo sulla Bonelli avrebbe potuto innescare la miccia di una bomba. Agguantò il telefono e compose il numero del cellulare americano del giornalista.
Tonolli rispose dopo parecchi squilli.
«*Hallo?*»
«Salve Tonolli, so che lì sono le cinque del mattino, ma ho appena passato il suo appello nella rubrica di *"Mayfair"*e sinceramente sento il bisogno di confrontarmi con lei.»
«Capisco.» Tonolli era laconico ma lucido.
«Come sappiamo, solo noi siamo al corrente dei fatti che riguardano Maria Grazia Bonelli. La polizia cadrà dall'albero delle pere quando e se leggerà il suo articolo.»
«Lo so. Possiamo però sperare che non ci badino visto che non lavoriamo per un quotidiano nazionale o internazionale. Cosa ne pensa?»
«Penso che in ogni caso ci stiamo affidando alla sorte, il che lascia un alto margine di rischio», commentò il

direttore.

«Freghiamocene. Al momento buono, potremo dire di aver pompato la notizia per fare tiratura con illazioni mie personali, senza prove concrete. Lei, per non sbagliare, scarichi sempre la colpa su di me.» Man mano che parlava, Carlo aumentava il numero di giri del suo motore carismatico e Viani, come sempre, ci cascò. Si sentiva già meglio.

«A proposito, stavo dimenticando di dirle che mi ha telefonato un pazzo. Dice di chiamarsi Traversi e di essere un investigatore privato. Voleva sapere il suo nome per parlare con lei della faccenda Bonelli. Questo tipo dichiara di sapere molte cose. Io ho tenuto duro e gli ho anche detto, fra l'altro, che lei non è in Italia ma si trova a New York. A questo punto il Traversi ha dato fuori di matto. Ha urlato che non doveva partire, che ora chissà cosa capiterà e così via. Gli ho intimato di dirmi tutto quello che sapeva minacciandolo che, in caso contrario, avrei avvisato la polizia. Naturalmente bluffavo. Comunque ha riattaccato senza aggiungere altro. Un mitomane.»

«Chi ci dice che si tratta di un mitomane? Forse aveva davvero qualcosa da dirci. Faccia cercare l'indirizzo di questo Traversi e me lo comunichi al più presto, oggi stesso. Nessuna pista va mai lasciata intentata. Forse nemmeno lui ci tiene a coinvolgere la polizia e dobbiamo capire perché.»

«Va bene, non si agiti, lo farò subito. Lì come va?» abbozzò Viani per cambiar discorso.

«Benone. In casa Bonelli l'atmosfera è strana. C'è un misterioso personaggio, tale Annamaria Pezzi, sedicente amica, governante e dama di compagnia della nostra, che gestisce la villa nella Sessantatreesima in assenza della padrona, godendo, a sentir lei, della sua massima fiducia. Non mi ha convinto, anche perché, a mio avviso, sa più di quello che vuol far credere. E lei che mi dice del commissario Ghezzi? Ha dato notizie?»

«Per ora non ne so nulla, pensavo che vi foste sentiti.»

«No. Gli telefonerò domani. Speriamo che non dorma in piedi perché per noi giocare d'anticipo è fondamentale.»

«Infatti. Che programmi ha per i prossimi giorni?» Viani tentò di nascondere con un tono leggero la sua preoccupazione riguardo le spese della trasferta oltreoceanica del collega.

Ma Tonolli non parve accorgersene. «Domani contatterò la famiglia Carli. Qui a New York è ormai assodato che il genero della Bonelli è stato ucciso. Farò anche un giro alla polizia, sperando che sgancino qualche notizia.»

«Bene. Mi tenga informato e, per ora, continui a dormire anche se mi sembra insolitamente sveglio per le sue abitudini.»

Carlo sorrise. «Non si preoccupi. A Manhattan io non dormo quasi mai.»

«E perché?»

«Che ne so? Sarà il fuso, l'adrenalina… Lei è mai stato qui?»

«No, non ne ho mai avuto l'occasione.»

«Ci venga e vedrà. E' incredibile, ma qui non si dorme mai. Non si può. Vien voglia di vivere.»

Viani chiuse la telefonata con la gradevole sensazione di aver toccato con mano uno dei rari momenti di 'umanità' di Tonolli.

Nemmeno Ghezzi, che pure non si trovava a New York ma nel suo appartamentino alla periferia di Como, era riuscito a dormire. Sfogliava e risfogliava il quaderno nero rubato a Giovanna Carli, senza riuscire a trarne qualcosa di concreto da sottoporre a Tonolli. Sulle pagine a righe erano elencate con metodo le spese quotidiane cosiddette personali di casa Bonelli. Calze, caramelle, farmaci, giornali, sigarette e altro. A volte il vecchio commissario s'imbatteva in nomi di sconosciuti esercenti, allora s'illuminava. Ma quando li controllava sull'elenco telefonico, subito si sgonfiava: erano parrucchieri, pasticceri, elettricisti, cartolerie. Infine si era deciso a raggiungere il letto, al fianco di sua moglie, già immersa nel sonno più profondo. Richiuse il quaderno e, mentre lo stava riponendo nel cassetto del comodino, in modo del tutto irrazionale decise di sfogliarlo nel senso opposto. In realtà non si aspettava proprio nulla e fu per questo che sobbalzò per la sorpresa quando, dopo cinque o sei pagine immacolate, gli apparve un lungo elenco di nomi. Notò subito che soltanto di fianco ad alcuni vi era scritta in minuscolo la parola *"sicuro"*. Ghezzi scorse la lista fin quasi a metà valutando solo questi ultimi, finché imbattendosi in un nome il suo cuore inciampò: Giuseppe Franzetti.
Ohibò: il travestito morto avvelenato nel Parco Lambro! Che significava tutto ciò? Sotto il nome del Franzetti appariva una data corrispondente a un mese prima e, a fianco, una freccia riportava alla scritta *"sicuro"*.
In silenzio, si alzò dal letto e andò a recuperare il

portafogli del Franzetti. Uno per uno analizzò minuziosamente tutti i foglietti con i nominativi e i numeri di telefono dei clienti, finché lo trovò. Era il frammento del conto di una trattoria all'interno del Parco Lambro sul cui retro era segnato a matita un numero di telefono cellulare seguito da un nome: Giovanna C. Si trattava senz'altro della nipote della Bonelli…
Ghezzi tornò a letto, gli occhi sbarrati, in frenetica attesa del mattino, quando avrebbe potuto mettersi in contatto con Tonolli, certo che mai e poi mai quella notte avrebbe potuto chiudere occhio.

19

Al Michelangelo le pulizie venivano effettuate dalle otto alle undici del mattino. Alle nove Carlo accolse Wendy, la *housekeeping* portoricana addetta a una parte delle camere del sesto piano. Lei conosceva la sua abitudine di alzarsi presto e, quando sapeva che Tonolli alloggiava in hotel, si programmava la 614 fra le prime da affrontare. Si salutarono con calore e lui decise di lasciarla libera di lavorare e scese per il breakfast al "Limoncello", il pessimo ristorante convenzionato con l'albergo.

«Mayfair resta in camera. Attenta Wendy: è una cagnetta piuttosto intelligente e terribilmente innamorata di me. Potrebbe approfittare del più piccolo spiraglio per venirmi a cercare.»

*«Don't worry, don't worry Mister Tonolli! I'll be carefull for her.»*

Mayfair guardò con delusione richiudersi dolcemente, ma inesorabilmente, la porta a molla dietro le spalle di Carlo e, nonostante le moine di Wendy, si rincantucciò nell'armadio a muro, fra le Church's del suo amico. Oltre l'anta semiaperta, il cane udiva l'odiato rumore del battitappeto unirsi al fragore della televisione accesa al massimo volume sovrapposto a sua volta al massimo volume della radio che trasmetteva musica *funky*. Una mania di Wendy quella di lavorare con un occhio alla tv e un orecchio alla radio. D'altra parte la stanza era perfettamente insonorizzata quindi, a parte Mayfair, la ragazza era sicura che nessuno avrebbe avuto da ridire. Ma l'udito di Wendy era molto allenato perché, poco

dopo, in tutto quel caos riuscì ad avvertire il suono del campanello. Temendo un controllo della cinese responsabile delle *housekeepings*, Wendy spense ogni fonte di frastuono e aprì la porta. Mayfair si affacciò curiosa dall'armadio e non abbaiò al nuovo arrivato come al solito. Anzi. Piano piano s'incamminò sulla moquette verso i due che bisbigliavano, ignari della sua presenza. La cagnolina non poteva sapere che l'uomo era Frank, eterno spasimante di Wendy, addetto alla distribuzione dei giornali alle camere. Né poteva capire cosa i due si stessero dicendo riguardo al nuovo ospite della camera 615, dirimpetto alla 614, che sembrava aver incollato alla porta il cartello *"Don't disturb"* dal pomeriggio precedente. A Mayfair, d'altronde, interessava soltanto seguire l'odore del dopobarba di Carlo che avvertiva inalterato al di sopra di tutti gli altri odori lungo il corridoio e, approfittando del disinteresse dei due inservienti, sgattaiolò fuori. Appena in tempo, perché, a sua volta, l'uomo uscì dalla 614 e si rivolse alla 615. E lei, furbissima, si nascose sotto la consolle dorata appoggiata alla parete fra le due camere.
*«Good morning! Magazines for you!»* Frank gridò e allo stesso tempo suonò il campanello.
Silenzio. Riprovò bussando con foga e la porta infine si aprì. La persona che ne uscì per metà, lo mandò subito a quel paese.
«Non sa leggere, per caso?»
A quella voce Mayfair trasalì.
«Mi scusi tanto Milady, il direttore mi ha chiesto di accertarmi che andasse tutto bene. E poi pensavo che le interessasse avere le notizie del mattino...» rispose

Frank esitante allungandole i giornali.

«Comunque stavo per uscire. Li metta lei sul tavolino del salotto», sbottò sgarbata la donna e, senza il minimo cenno di saluto né della mancia di prassi, s'incamminò rapidamente verso gli ascensori.

Frank si rabbuiò, spalancò la porta ed entrò. Vittima della sua irrefrenabile curiosità, Mayfair lo seguì, ma non riuscì a fare altrettanto quando lui, poggiati i giornali sul tavolino del salotto, uscì di nuovo in corridoio, perché la porta le si richiuse proprio sul musetto. E si ritrovò sola, chiusa in un'altra stanza, con altri odori.

Di Carlo nemmeno una minima traccia. Il cane iniziò a tremare. Percepiva un'atmosfera anomala, già provata, negativa. Fece il suo solito giro lungo il perimetro ma, in questo caso, non l'aiutò per niente. Al contrario, sentiva aumentare la paura. Non riuscendo a calmarsi, entrò nell'antibagno e poi in bagno. Il pavimento di marmo era umido. Gli asciugamani sparsi ovunque a terra creavano montagnole fra le quali dovette zigzagare per raggiungere la vasca. In mezzo alle salviette, venne aggredita da un forte odore acido e subito il suo cervello accomunò quel sentore alla Tilde, rievocando la visita a un negozio di parrucchiere dove la donna l'aveva portata con sé dentro una borsa per non lasciarla sola in casa.

Per un attimo Mayfair s'illuse che la Tilde fosse nei pressi e uggiolò, scodinzolando al silenzio e al vuoto totale della stanza. Delusa, fece ancora due passi e inciampò in una spazzola, rovinando col muso su una fialetta rotta e puzzolente. Il liquido sparso sulle piastrelle imbrattò il lungo pelo focato delle sue guance e ora Mayfair poteva sentire quell'odoraccio anche su se stessa. Starnutì ripetutamente e uscì, più in fretta che poteva, dalla stanza da bagno. La porta d'ingresso era ancora tragicamente sbarrata e la cagnolina vi si accucciò davanti, in rassegnata attesa. Il suo finissimo udito percepiva all'esterno i movimenti delle *housekeepings* impegnate nei lavori di pulizia. Dopo qualche istante, finalmente, captò il suono della chiave magnetica nella serratura. Osservò speranzosa aprirsi la porta.

La donna entrò e la vide. «Che ci fai tu qui?».

A quella voce Mayfair mugolò di paura. Spostò lo sguardo nel corridoio con l'intenzione di uscire, ma la porta si richiuse prima che lei potesse far in tempo ad alzarsi.

Temendo che il cane non fosse solo, la donna perlustrò guardinga tutta la suite. Soddisfatta, si rilassò e guardò Mayfair con un sorriso maligno. «Nulla capita per caso, carina. Vuol dire che approfitterò della tua presenza per arricchire la documentazione del nostro comune amico.»

La sua risata metallica s'insinuò fin sotto la pelle della cagnolina che riprese a tremare come una foglia. Mayfair osservò con smarrimento la donna guizzare per la stanza e, in una frazione di secondo, si sentì afferrare e scaraventare con malagrazia in un angolo. E con i sensi tesi nell'inutile tentativo di capire cosa stava succedendo, non la perse di vista fin quando le si avvicinò e si chinò a una spanna da lei con un piccolo aggeggio fra le mani.

*Click. Click.* A quegli scatti il cuore di Mayfair accelerò. Poi, con la velocità di un fulmine, la donna l'afferrò per la collottola, aprì uno spiraglio della porta e brutalmente la gettò in corridoio. Per fortuna la moquette era abbastanza morbida per attutire l'impatto, ma per qualche istante Mayfair restò confusa, annebbiata. Traballando, si scrollò per ritrovare un po' di lucidità e, lentamente, raggiunse l'angolo fra la porta della camera di Tonolli e la console.

Mezz'ora più tardi, quando uscì dalla 614 spingendo il carrello degli attrezzi, Wendy scorse la cagnolina accucciata e si allarmò. *«Oh my God! How is possible you are here?»* La sollevò da terra e la riportò in fretta nella 614.

*Per fortuna Tonolli non è ancora rientrato e non si accorgerà di nulla*, si disse traendo un respiro di sollievo per lo sventato pericolo.

20

«Pronto? Sei tu?» Giovanna Carli si era rinchiusa nello studio e si accorse di sussurrare pur sapendo di essere sola in casa. Aveva dato a Fé mezza giornata di vacanza per non avere nessuno fra i piedi.

«Ma certo, tesoro. Chi vuoi che sia? Mi sembri nervosa, che c'è che non va?» La voce femminile che le rispose era tranquilla, suadente, quasi allegra.

«Come puoi chiedermi cosa non va? Io non ce la faccio più. Quel giornalista è sospettoso, sta iniziando a capire qualcosa. Nell'articolo di oggi sulla *Tribuna del Lario* afferma di avere le prove della scomparsa di Maria Grazia Bonelli. Io devo andarmene da qui. Prima o poi ritornerà... la polizia se ne accorgerà... troveranno me...»

«Sciocca. Non capisci che sta bluffando? Chi vuoi che legga quel giornaletto di provincia? Sei la solita fifona. Ho sempre temuto di non poter contare su di te, non hai carattere. Sei una malata di nervi.» La voce, diventata aspra, continuò aggressiva. «Tu non ti muoverai da quella casa, è chiaro? Altrimenti sai che posso rovinarti. Ti distruggerei, lo giuro.»

«Sei tu la malata e sono io che distruggerò te, attenta. Se verranno ancora qui, dirò tutto: chi sei, dove sei, chi hai ucciso, come e quando. Sai che sono capace di farlo.» Giovanna bisbigliava, tremando in tutto il corpo.

«Taci, idiota! Devo riuscire a trovarmi faccia a faccia con Tonolli, devo condurlo sulla pista sbagliata e poi farlo fuori con le mie mani. E' una lotta fra me e lui.»

«Ma perché? Se nemmeno lo conosci! Questo è un altro dei tuoi giochi da paranoica.»

«Perché si spaccia da grande investigatore, perché gioca a fare il giustiziere, perché è un rischio che mi diverte e so di poter vincere. In questo momento della vita ho bisogno di allontanare da me ogni eventuale sospetto e, allo stesso tempo, voglio dimostrare tutta la mia forza morale. Quell'idiota di Traversi, l'investigatore, pensa di essere sul punto di smascherarmi e sta cercando di far combaciare gli anelli di congiunzione di alcuni delitti... dei miei delitti. Non posso rischiare di manifestarmi a una nullità come lui, dopo anni di lotta contro le storture degli uomini, nonostante io stessa a suo tempo l'abbia imboccato. E tu mi devi aiutare, sei la sola persona che può farlo.»

«Ti devo aiutare rischiando di far incriminare me? Ti devo aiutare a perseguire nella tua follia? Tu sei malata, lo sai. E per quanto riguarda il Traversi, ha chiamato proprio oggi. E' alla ricerca anche lui di Maria Grazia Bonelli...» Sfinita, ora Giovanna piangeva a dirotto.

«Traversi ha telefonato lì? E tu cosa gli hai detto? Finiscila di frignare! Cosa gli hai detto?» insisteva la voce con arroganza.

«Si è presentato come un ex collega di mio padre, venuto a conoscenza della sua morte», rispose Giovanna fra un singulto e l'altro. «Mi ha detto che è in procinto di andare a New York... io gli ho consigliato di mettersi in contatto con mia madre e gli ho dato il tuo numero di telefono.»

«Brava, bravissima. Lo vedi che mi sei di grande aiuto?» La voce era tornata melodiosa. «Rassegnati, ormai è troppo tardi anche per te. E se t'incriminassero sarebbe per una causa giusta, sarebbe perché a me devi tutto. Anche la vita. A proposito: prendi carta e penna. Ti voglio dettare la risposta al pezzo di oggi della *Tribuna*. Mandala il più presto possibile.»

Giovanna si sottomise ancora una volta ma quando riappese la cornetta, cadde sul pavimento, in ginocchio. Si portò una mano alla fronte mentre le lacrime continuavano a scorrerle copiosamente sul viso scarno, grigio, devastato. Il momento che aveva sempre temuto era arrivato.

Andò alla scrivania, accese il pc, attivò la posta elettronica e batté velocemente il testo che le aveva dettato poco prima il mostro. *«Gentile Mayfair, sono dispiaciutissima di aver creato tanto scompiglio e preoccupazione a lei e ai suoi lettori. Io sto meglio ma, anche se la febbre alta è passata, mi è rimasta una brutta costipazione e il medico mi ha ordinato riposo assoluto per almeno una settimana. Così ho deciso di andarmene per qualche giorno all'estero, da un'amica fidata. Come può ben immaginare, per motivi di sicurezza, non posso dire a nessuno dove mi trovo. Per il momento desidero essere irraggiungibile. Ma ci sentiremo non appena rientrerò a Milano. Grazie di tutto. Il suo sostegno e la partecipazione dei suoi lettori m'infondono coraggio. Sua, Maria Grazia Bonelli»*

Giovanna cliccò il tasto di invio, poi spense il computer. Prese dal primo cassetto un foglio di carta da lettere intestato a suo nome e vi scrisse a mano: *«Sia maledetta la persona che mi ha portato a compiere questo gesto. Chiedo perdono a tutti per non aver avuto la forza di ribellarmi. Porto con me questo terribile segreto per non distruggere la vita di troppe persone a me care. Addio. Giovanna»*

Spianò il foglio davanti a sé, vi pose sopra la mano sinistra e con la destra aprì il cassetto centrale. Recuperò il piccolo revolver, se lo puntò alla tempia e schiacciò senza esitazione il grilletto.

21

Bamboo uscì dalla Pinacoteca di Brera di pessimo umore. Dopo una notte d'amore lui era partito senza dirle nulla. La loro prima notte d'amore. Era riuscito a rovinarle la gioia di quei momenti tanto sognati. Le sembrava impossibile credere che lo stesso uomo di due sere prima, innamorato di lei al punto da non poter dire nient'altro che "ti amo", fosse quella specie di bifolco che non si era nemmeno preso la briga poi di chiederle scusa per essersene andato a New York senza avvisarla.
Non lo aveva più sentito dalla notte precedente… Bamboo si bloccò in mezzo alla strada e ascoltò un improvviso presentimento.
No. Non era così. Non poteva, non riusciva a crederci. Ma, soprattutto, non *doveva* crederci. Non c'era altra possibilità se non quella infausta che a Carlo fosse successo qualcosa, qualcosa che per ragioni di sicurezza lui non avrebbe potuto dirle.
Accese il cellulare e compose il numero di Lucia Guanzani. Le rispose Guidone, il maggiordomo: «Buongiorno, *Mademoiselle*, che piacere risentirla! No, la contessa non è in casa. In questi giorni è fuori per il torneo di canasta a Villa d'Este.»
«Potete aiutarmi voi, *s'il vous plait?* Potete dirmi *quelque chose* del dottor Tonolli? Sapete perché si trova a Manhattan?»
«Credo, *Mademoiselle*, che il dottore si trovi in America per lavoro. Detto fra noi, anche la contessa è un po' preoccupata perché il dottore non le ha ancora

telefonato.» Il tono professionale ma velatamente preoccupato di Guidone aumentò l'agitazione della ragazza.

«*Mais alors,* chi può saperne di più?»

L'uomo le rispose con sicurezza. «Certamente il dottor Viani, *Mademoiselle.*»

Bamboo decise di non usare il cellulare per chiamare Viani e di raggiungere al più presto il suo albergo da dove avrebbe potuto parlargli con maggiore tranquillità.

Viani si dimostrò felice di sentirla ma, con grande *fair play*, se ne restò molto stringato, quasi asciutto. «Si tratta di una vicenda delicata, mia cara,e purtroppo non posso dirle altro se non che Tonolli alloggia al Michelangelo. Ne parli direttamente con lui. Vuole il suo numero di cellulare?»

Bamboo si ritrovò al punto di partenza. Sedette mesta sul letto con la netta sensazione di non aver scelta: doveva raggiungere Carlo a New York. Se gli avesse telefonato per avere spiegazioni, non avrebbe ottenuto altro che uno dei suoi soliti arroccamenti in un silenzio testardo e infrangibile.

Per tutta la mattina seguente sarebbe stata impegnata a Brera per la breve stesura della relazione sullo studio del dipinto di scuola caravaggesca per il quale era stata interpellata dal museo. Dunque, nel pomeriggio, avrebbe dovuto rientrare a Parigi. Ma non poteva nemmeno immaginare di restare in quello stato d'incertezza.

Sì, sarebbe andata a New York, al più presto. Con la Sorbona avrebbe accampato la scusa di un problema familiare. E per quanto riguardava Carlo, era pronta a subire l'ostilità delle sue prevedibili reazioni. Che gli piacesse o no, ormai facevano parte uno dell'altra.

Rincuorata dalla decisione presa, telefonò subito alla segretaria di direzione della Sorbona: «Claire? Sei tu? Ciao. Dovresti avvisare il direttore che devo prendere una settimana di ferie per problemi familiari. Sì, devo andare a Manhattan… o no, grazie, nulla di grave.»

Liquidata la collega chiamò il *bureau* dell'hotel e si fece prenotare il volo.

22

Soltanto quando si trovò davanti a uno dei banchi dell'immigrazione all'aeroporto Kennedy di New York, Fabio Traversi si domandò cosa esattamente fosse venuto a fare fin lì. Non conosceva il nome del giornalista che si firmava *"Mayfair"* né, a maggior ragione, dove alloggiasse o a che punto fosse la sua ricerca. Sapeva solo che il suo dovere era quello di intervenire a tutti i costi, fosse stato anche inevitabile ritrovarsi a tu per tu con l'assassina.

*«Passport, please.»*

La voce baritonale dell'enorme agente nero con impenetrabili occhiali da sole a specchio lo investì da dietro lo sportello mentre la sua mente vagava in un totale vuoto ansiogeno. Il Traversi rispose come meglio poteva alla richiesta di delucidazioni sul motivo della sua permanenza a New York: *«Vacation, holyday.»*

Vacanza? Ma a chi la raccontava? Non certo a quell'orco che in pochi secondi lo fece spogliare quasi nudo, in mezzo a tutti. Gli fece aprire anche il trolley e, tanto per non sbagliare, gli sequestrò i Gillette usa e getta. Tutta la scena non durò più di un quarto d'ora, giusto il tempo perché chiunque potesse capire che, qualunque cosa fosse venuto a fare in terra americana quell'uomo scialbo e grondante sudore, avrebbe potuto danneggiare, tutt'al più, soltanto se stesso.

Terminata l'incresciosa perquisizione, Traversi uscì finalmente all'esterno e una lancia di sole freddo lo colpì subito al viso. Si piazzò educatamente in coda al

deposito dei taxi e attese il suo turno. Era esausto. Che poteva fare? Forse la cosa più saggia era tentare di mettersi in contatto con la Bonelli. Ma dove, se nel pistolotto sulla *Tribuna* si diceva chiaramente che la donna era sparita? Evidentemente *"Mayfair"* aveva già verificato la sua scomparsa. A Milano, lui stesso aveva parlato con la nipote Giovanna, spacciandosi per un collega italo-americano del padre Mattia. Le aveva chiesto di parlare con sua nonna, ma la donna aveva svicolato sulla storia della brutta influenza della Bonelli e l'aveva depistato sulla figlia Anita: «Tanto più che, come mi ha detto, lei sta partendo per New York.»
E va bene. Avrebbe telefonato ad Anita e avrebbe cercato d'incontrarla. Mentre saliva finalmente sulla *yellow cab* che gli toccava, si sentì un po' più sollevato.
*«Gramercy Hotel, please, in Gramercy Park.»* L'autista non proferì verbo e schizzò verso una delle *high way* che arrivano diritte nel cuore della Mela. Dopo qualche minuto imboccarono il Queensboro Bridge e persino il Traversi, così sconvolto, non poté far a meno di lasciarsi sopraffare dal profilo magnetico di Manhattan spuntato all'improvviso, così come te lo puoi aspettare da una cartolina.
Ne restò sbalordito: osservò i riflessi del sole sui vetri delle finestre dei grattacieli ammiccargli a zig zag con lo stesso fascino e la stessa civetteria degli occhi di una bella donna.
L'auto gialla parve raggiungere le strade del centro con la magia di un libro di fiabe che da un'immagine di fate e folletti passi imprevedibilmente a un'altra di robot e mostri futuribili. Sfrecciò spavalda fra un incrocio e

l'altro, racchiusi nell'altezza incombente della città fino a raggiungere Downtown e inchiodarsi davanti a un edificio diverso da tutto il resto. Un vecchio hotel, adiacente a un piccolo parco privato recintato in ferro battuto, che nelle guide turistiche era segnalato per l'atmosfera newyorkese più autentica. A dire il vero, il Traversi aveva scelto quell'albergo soltanto per i costi che gli erano sembrati contenuti. Certo non si aspettava di trovarsi in una hall piena di modelle e intellettuali, vecchie bizzarre e nobili decaduti. In più, nessuno della *reception* sembrò far caso a lui e ai suoi documenti che allungava disperatamente sotto il naso degli impiegati. Rassegnato, si buttò lungo disteso su una logora poltrona di velluto verde e si sentì perduto.

Era stato un incosciente a venire fin lì, in quel posto di folli, senza parlare la lingua, senza il più misero riferimento di dove andare a sbattere la testa. Quanti mondi convivevano in quella città? Chi non avrebbe potuto scomparire dal resto dell'universo dentro gli infiniti meandri di una metropoli che poteva spaziare dalla conquista dei popoli terrestri a quella degli extraterrestri, dalle immagini della periferia più infima, abitata da qualunque razza umana, alla rarefatta eleganza della ricchezza congenita sfoggiata nelle avenues dell'East Side?

Si riscosse dai suoi funesti pensieri quando gli si avvicinò una ragazza con un modulo in mano.

«Mister Traversi? E' lei?»

Pensò di sognare ascoltando la sua lingua madre.

«Sì, sono io», rispose incerto.

«Benarrivato! La sua stanza è la 2153. Deve prendere

quell'ascensore a sinistra e salire al secondo piano, i cartelli in corridoio le indicheranno poi la direzione del suo appartamento. Se mi consegna i documenti, compilerò io stessa il suo modulo d'arrivo.» La donna era più che affabile. Allungò una mano sottile e sfilò da quelle titubanti del Traversi passaporto e *vaucher*.

«Qui ci sono due fax per lei dall'Italia», disse passandogli una busta gialla, «e, mi raccomando: di notte chiuda la camera con la catena. L'hotel non prevede misure di sicurezza e, a volte, non riusciamo a evitare qualche sgradevole furterello.»

*Evviva la sincerità*, pensò l'investigatore mentre con le gambe molli come budini si avviava all'ascensore.

Se fosse stato un uomo di mondo o un intellettuale, avrebbe riconosciuto nel suo appartamento lo sfoggio dello snobismo più contemporaneo. Pareti scrostate, copriletto in ciniglia color zafferano, finestre in legno sverniciato, tenda di perline a nascondere un angolo cottura anni Cinquanta. A richiesta, l'Azienda di Soggiorno avrebbe anche potuto fornire qualche scarafaggio o un'intera famiglia di topolini. Ma lui era un comune mortale e trovò tutto molto triste e scomodo.

Sedette sul letto e aprì subito la busta dei fax. Il primo arrivava dal suo studio. Glielo inviava Matilde, la sua segretaria: *«Caro Fabio, ti mando il numero di cellulare di un certo Carlo Tonolli che cura la rubrica "Mayfair" sulla* Tribuna del Lario. *E' stato il caporedattore della cronaca, Marino Bianco, a pregarmi di farlo al più presto. Ha telefonato questa mattina e, quando ha saputo che eri partito per New York, mi ha chiesto il tuo indirizzo. Non sapendo cosa fare, io non gliel'ho dato.*

*Allora, mi ha ripetuto più volte di riferirti di contattare al più presto Tonolli. Spero tu stia bene. A presto, Matilde.»*

Ottimo! Traversi esultò. Quella telefonata sarebbe stata il suo primo passo. Segnò sull'agenda il numero del giornalista e afferrò il secondo fax, inviato da un'abitazione privata di New York: *«Gentile signor Traversi, so da mia figlia Giovanna che lei è un collega del mio povero marito e che sta arrivando a Manhattan. La pregherei di venirmi a trovare non appena le sarà possibile. Devo assolutamente parlarle di mia madre. L'aspetto. Mi telefoni. Cordialmente Anita Carli.»*

Troppa grazia per l'investigatore che, a questo punto, si trovava solo nell'imbarazzo della scelta. Tuttavia optò per chiamare subito Anita Carli: il fugace, inspiegabile e sibillino riferimento alla Bonelli stuzzicava troppo la sua curiosità.

Una voce femminile gli rispose al primo squillo.

«Sono Fabio Traversi.»

«Buongiorno, signor Traversi, sono Anita Carli. Speravo tanto che lei mi chiamasse presto. E' arrivato con il primo aereo di stamane? Come sta? Ha fatto un buon volo?»

L'uomo considerò che, nonostante si potesse facilmente attribuire a una donna ultracinquantenne, quella voce era particolarmente armoniosa.

«Sì, grazie.»

«Mi farebbe piacere incontrarla, anche oggi stesso. Che programmi ha? Forse è stanco per il viaggio e vuole riposare un po'?»

«Il tempo di una doccia e potrei raggiungerla dove

crede.» Traversi, per un attimo, temette d'aver manifestato una fretta eccessiva per l'incontro.

«Bene! Più tardi dovrò fare un salto nello studio di mio figlio architetto. Perché non mi raggiunge là? Credo sia comodo per lei: è in Downtown, sulla Tredicesima, fra la Seconda e la Terza, al numero 1567. Prenda il montacarichi e salga al dodicesimo piano. Mi troverà alle sette di questo pomeriggio in punto. Abbiamo tante cose da dirci.»

Traversi si stupì un poco sentendo chiudere la telefonata senza un saluto. Ma fu solo questione di un attimo, era troppo euforico. Annotò l'indirizzo sul piccolo notes con l'intestazione dell'albergo, strappò il foglietto e se lo mise in tasca. Con Tonolli doveva sbrigarsela, lo avrebbe aggiornato più tardi. Compose il numero di cellulare indicato sul fax di Matilde e gli rispose una segreteria telefonica in inglese.

«Sono Fabio Traversi, mi trovo a New York e ho bisogno di parlarle della vicenda Bonelli. Alle sette però ho un appuntamento con Anita Carli. La chiamerò dopo cena.»

23

Quando Carlo rientrò in camera fu stupito della gioia incontenibile che gli manifestò Mayfair. Era pur vero che lei si dimostrava sempre festosissima quando lo rivedeva anche solo dopo qualche minuto di assenza, ma quella volta gli sembrò di essere tornato a casa dopo anni. Guardò commosso la cagnolina mentre girava su se stessa guaendo, la codina monca guizzante, gli occhi di carbone accesi come braci, la lingua di fuori, incapace di calmarsi.

«Ma che fai? Mi sembri matta! Mica ti mollerei qui, lo sai. Dai, muoviti che abbiamo da fare.»

La prese fra le braccia e, mentre la baciava sul muso si accorse che emanava un odore strano. La guardò meglio e notò che la lunga, magnifica mèche bionda della sua guancia destra era quasi completamente tinta di scuro, così come le punte della mèche simmetrica della guancia sinistra.

«Ma cos'hai fatto, porcogiuda! Sei tutta appiccicosa.»

Provò a lavarle il muso con lo shampoo. L'odoraccio diminuì un poco ma non il colore bruno sul pelo. Sembrava proprio che si fosse imbrattata di tintura per capelli. Carlo non ci volle pensare, aveva troppa fretta e se la infilò nel loden ancora umida.

Il clima s'era fatto più mite. Poteva evitare l'imbottito e indossò con gioia il suo vecchio loden. Ma non dimenticò di calcarsi in testa la berretta di zia Lucia. Sapeva bene che in effetti, anche nelle giornate più dolci, a Manhattan il vento può levarsi da un momento all'altro, in particolare nelle grandi avenues che agiscono da imbuto.

I Carli abitavano nella Cinquantaquattresima, proprio sopra il Museum of Modern Art. Un *building* prestigioso, pensò, e a pochi isolati dal Michelangelo.

Imboccò la Sesta, in su verso Central Park e dopo tre isolati svoltò a destra nella Cinquantaquattresima. Prima di varcare l'ingresso dello stabile, spense il cellulare. Il portiere gallonato lo salutò sollevando la visiera del cappello e lui gli domandò di parlare al citofono con la signora Carli.

«Buongiorno signora, sono Carlo Tonolli, nipote di Lucia Guanzani. Sono di passaggio a New York e mia zia mi ha pregato di portarvi i suoi saluti e le sue condoglianze.»

«Certo, Lucia, l'amica di mia madre. La prego, dica a Willy di farla salire. Stiamo al ventisettesimo piano.»

L'ascensore si aprì direttamente nell'ingresso dell'appartamento dove Anita Carli lo ricevette con un sorriso malinconico. La donna lo scortò fino al soggiorno e il breve tragitto bastò a Carlo per capire che l'appartamento dei Carli era un altro esempio di lusso totale. L'arredamento era un insieme di mobili design, al limite dell'avanguardia, come i quadri, enormi esplosioni di colore.

Le pareti si spaccavano negli angoli in vetrate senza tende, a strapiombo sul panorama straordinario del cuore della città. Carlo ne restò folgorato.

Al contrario della sua casa, Anita Carli sembrava il simbolo dell'*understatement* newyorkese. Una donna di circa sessant'anni, snella, con una testa di capelli pepe e sale tagliati a caschetto, mani lunghe e nervose, pantaloni di fustagno beige, pullover di cachmere e ballerine marroni. Una persona tranquilla, valutò Carlo. Tranquilla e triste.

Si accomodarono in un angolo del salotto.

«Che delizioso cagnolino! Lo lasci pure. Io adoro i cani.»

Mayfair si accucciò ai piedi di Carlo e si addormentò quasi subito. L'avventura di poco prima l'aveva spossata e poi in quella casa ci stava bene.

«Mia zia è rimasta molto colpita dal vostro lutto e mi ha pregato di porgere a lei e a sua madre le più sincere condoglianze», iniziò Tonolli prudente.

«Grazie. Lucia è sempre stata un tesoro con noi. Nonostante negli ultimi anni si siano viste poco, lei e la mia mamma sono grandi amiche. Come sa, le amicizie dell'infanzia che durano nel tempo sono le più profonde.»

Per il tono mieloso e per le movenze rallentate, Carlo la giudicò una donna noiosa. Avrebbe dovuto andare più pesante con lei, se non voleva fare notte.

«Ha sentito recentemente sua madre?»

Anita Carli sgranò gli occhi dubbiosa: «Ma certo. La sento tutti i giorni. Mi ha telefonato proprio stamattina.»

Tonolli era più che perplesso. «Già. E si è ripresa dalla sua brutta influenza?»

La donna si rilassò. «Oh no, poveretta. Infatti non ha potuto raggiungermi a New York. Sta ancora a letto. Sa, a quell'età… Allora anche lei l'ha vista da poco.»

Carlo si mantenne sulle generali. «Sì, qualche giorno fa a Milano. Ma più che altro ho potuto salutarla attraverso la porta della sua camera. Aveva la febbre molto alta e Giovanna non voleva che si stancasse.»

La donna non rispose. Il dialogo stava di nuovo languendo. Nella stanza entrò un'infermiera che porse alla Carli due compresse con un bicchiere d'acqua. «Tranquillanti», gli specificò Anita. «Mi tengono in stato di leggera sedazione.»

Ecco la spiegazione di quella strana pacatezza, di quella lentezza, di quell'aria quasi catatonica, pensò Carlo. L'infermiera li lasciò di nuovo soli e lui rischiò un affondo: «Mi dica di suo marito: è ormai chiaro che s'è trattato di omicidio. Ha dei sospetti?»

La donna si scosse dal suo torpore, si portò le mani al viso e scoppiò in un pianto silenzioso. Poi alzò su di lui lo sguardo impietrito e spaventato e riuscì a sussurrare: «Perché me lo chiede? Ma chi è lei veramente?»

«Sono quello che ho detto di essere, ma sono anche un giornalista...»

Con uno scatto imprevisto, Anita Carli si alzò in piedi. Lui fece altrettanto e la fronteggiò. Era sconvolta. Le braccia rigide lungo i fianchi, le mani chiuse a pugno, le nocche bianche di tensione. «Bastardi, siete tutti bastardi! Volete infangare il ricordo di Mattia, ma non ve lo permetterò!» urlò esplodendo in una crisi isterica. Mentre gridava ripetendo ossessivamente le stesse frasi, gli mollò uno schiaffo in pieno viso e subito dopo iniziò a picchiare ripetutamente le mani a pugno sul suo petto.

Mayfair si svegliò di soprassalto e ringhiò come una piccola tigre.

Ammutolito, Tonolli abbracciò la donna con forza e la tenne stretta finché lei iniziò a calmarsi e abbandonò il capo sulla spalla di lui singhiozzando sommessamente.

Carlo le parlò sottovoce. «Mi ascolti: io sto solo cercando di aiutare sua madre che dichiara di essere minacciata da qualcuno. Per questo sono qui. Sto tentando di capire chi sta architettando tutta questa storia.»

La donna si allontanò, si ravviò i capelli e lo fissò. «Non so nulla di queste minacce. Nemmeno Giovanna me ne ha parlato. Di che si tratta? Perché è venuto qui? Può essere una vicenda legata alla morte di mio marito?»

«Tutto può essere. E' molto strano però che lei non ne sappia ancora nulla. Anche Annamaria Pezzi ne è al corrente.»

«Annamaria?» rimbeccò la Carli stupita. «Ma lei l'ha vista?»

«Proprio ieri, qui a New York, a casa di sua madre.» Carlo osservava con attenzione lo sguardo della donna perdersi alle sue spalle.

«Annamaria è qui? Non si è ancora fatta viva con me. Mi ha mandato un telegramma per la morte di Mattia, una settimana fa da Milano. E' tanto tempo che non la vedo. Più tardi le telefonerò.» La Carli ora sembrava ripiombata nello stato di stordimento precedente allo scatto di nervi. Parlava con lentezza, inciampando nelle parole. Pareva quasi che non ricordasse più la storia delle minacce a sua madre e Tonolli pensò bene di non tornare sull'argomento. Aveva capito che da quella donna non avrebbe ottenuto il minimo dettaglio o aiuto. Ormai gli era chiaro che fosse all'oscuro di tutto.

«Ora la lascio riposare, signora. Ma la prego di chiamarmi per qualunque dubbio o dettaglio le possa venire in mente.»

Infilò il loden, vi piazzò Mayfair ormai sveglia, allungò alla Carli un biglietto da visita, le strinse la mano, e se ne andò. Era turbato e pensieroso, e fu per questo motivo che si dimenticò di riattivare il portatile.

24

Nell'enorme atrio dello stabile industriale, il Traversi si aspettava di incappare in un portiere. Invece si ritrovò solo in un androne vuoto. Al telefono Anita Carli gli aveva fornito indicazioni molto precise per raggiungere lo studio del figlio architetto così, dopo qualche attimo di vana attesa di un'anima viva, l'investigatore si avviò verso il montacarichi alla sua sinistra. L'aggeggio, lentissimo rispetto agli ascensori americani, gli mise un po' d'ansia e, quando si aprì su un corridoio di mattoni lungo e stretto dipinto di un bianco accecante, avvertì addirittura un senso di panico. Non un cartello, nessuna scritta e nemmeno una porta. Soltanto l'intensa luce artificiale poteva far supporre che, ogni tanto, di lì ci passasse qualcuno. Traversi cercò di controllarsi pensando che i luoghi di lavoro dei creativi (soprattutto newyorkesi) non corrispondevano di certo agli uffici tradizionali e decise di iniziare la ricerca dello studio dell'architetto imboccando il corridoio a destra.
Camminò per qualche minuto ma presto gli parve di essere capitato all'interno di un budello senza uscita. Ritornò sui suoi passi e prese a percorrere il lato opposto. Provava un senso di claustrofobia che gli faceva mancare il respiro ma continuò a camminare fino a raggiungere una porta laccata di nero. Cercò sulla parete un campanello che non trovò. Bussò. All'inizio piano, poi più forte. Invano. Allora spinse la maniglia e la porta nera si aprì su un locale vastissimo, vuoto, tagliato in perpendicolare da una decina di colonne di sostegno e

illuminato su tre lati da enormi vetrate. Le pareti e le travi del soffitto spiovente, visibilmente fatiscenti, erano state dipinte al vivo di bianco opaco. A terra, il cemento si spaccava qua e là in lunghe crepe come smorfie beffarde.

Gli occhi miopi del Traversi vagarono spaesati in tutto quel vuoto bianco, finché non la riconobbero, in fondo, appoggiata a un muro e il cuore per un istante gli si fermò. Rammentò con sgomento di essere disarmato. Ma come avrebbe potuto portarsi dall'Italia una delle sue pistole? E come avrebbe potuto procurarsene una a New York? L'unica sua arma di difesa era un'innocua bomboletta di spray antiscippo, acquistata poco prima in un drugstore sulla Broadway…

In silenzio, lei si staccò dalla parete e gli si avvicinò. «E' in perfetto orario, signor Traversi.» Il suo sguardo sembrava rubato al cielo d'inverno.

«La signora Carli?» riuscì a dire lui con la bocca impastata.

«Suvvìa, signor Traversi, non vorremmo per caso giocare? Lei sa benissimo chi sono, vero? Il fatto è che di recente mi sta dando troppa noia e, come può capire, questo è un vero problema.»

«Stia attenta a quello che fa, signora. Ho raccolto molto materiale interessante su di lei. E, nel momento in cui mi dovesse capitare qualcosa, finirebbe nelle mani della polizia nel giro di poche ore.» Bluffava, ma per un attimo riacquistò sicurezza.

«Oh, che paura!» sussurrò la donna portandosi ancora più vicino a lui. Ora lo guardava negli occhi, gelida, quasi magnetica, a pochi centimetri dal suo viso. Incapace di prevedere la prossima mossa dell'assassina,

Traversi sbagliò drammaticamente la sua, e si mise a cercare in tasca la bomboletta spray. Lei approfittò subito del suo attimo di distrazione e, veloce come un serpente a sonagli, gli infilò un piccolo ago nel collo.
L'uomo non ebbe il tempo di capire. Avvertì soltanto una scossa di gelo in tutto il corpo e cadde riverso sul pavimento poco prima di affogare nel buio più assoluto.

25

«La signora Sandra Fiocchi? Lo sa, vero, che non è in grado di spiegarsi?» Suor Candida sembrava scettica alla richiesta di Ghezzi di avere un colloquio proprio con quella loro assistita.
Dalle finestre della casa di riposo rifletteva insistente il sole pallido di fine inverno trasmettendo all'ispettore quasi la sensazione di un caldo estivo.
«Sì, certo, me lo hanno detto. Malgrado ciò, devo comunicare con lei. E' almeno in grado di scrivere?»
«Nessuno degli altri ispettori ci ha fatto questa domanda», osservò suor Candida imbarazzata.
«Comunque sì, ovviamente, Sandra sa scrivere.»
Ghezzi avvampò. Si era spacciato per un rappresentante della Squadra Omicidi in carico al commissariato di via Feltre, ed essendosi presentato con il proprio nome e cognome, la cosa gli procurava ansia e un filo di vergogna.
Udirono un lieve bussare alla porta. La piccola suora andò ad aprire e, accompagnata da un'altra religiosa, fece il suo ingresso una donna anziana, curva come il ramo d'una quercia, solo un po' tremebonda.
Un viso dolce e spaurito si volse verso quello accigliato di Ghezzi e accennò un breve inchino.
«Dovremmo star soli, è possibile?» domandò lui alle suore.
«Naturalmente, ispettore. Desidera carta e penna?»
Rimasto finalmente a tu per tu con la vecchia signora, Ghezzi le domandò: «Cosa ricorda, signora Fiocchi di

quel pomeriggio? Scriva, scriva qui.»
Le dita nodose di Sandra Fiocchi afferrarono la matita e iniziarono a riempire con fare incerto il primo foglio del blocco quadrettato: «*Era ora di visita... io avevo già visto quella donna fra noi. Magra, occhi molto chiari. Eravamo nel parco... passeggiata... lei si è unita a noi come sempre quando le suore ci hanno lasciato sole. Poi è arrivato lui... o lei, quella con i sandali.*»
«Crede che avessero un appuntamento? Che si conoscessero?» la incalzò Ghezzi.
«*Non so, però si sono strette la mano... allontanate... sedute su una panchina parlavano, parlavano... poi è passato il giornalista con il cane. Lui scherza sempre con noi... io le guardavo. La donna parlava all'altra di lui...*»
«Un giornalista? Quale giornalista? E' un uomo alto? Molto alto? Con i capelli arruffati e il cagnetto chiuso nel cappotto?» Ghezzi era sbigottito. Cosa c'entrava Tonolli? Perché di certo era a lui che la Fiocchi si stava riferendo.
«*Bello, un uomo bello... occhi grigi, sì con piccolo cane zoppo nel giaccone. Lui rideva... ci chiama ragazze... lui ci fa allegria. Io volevo dirgli che quella donna stava parlando di lui, ma non riuscivo... ho provato ma le parole non escono. Lei lo segue sempre. Una volta io ho visto che lei ha fatto una fotografia al cane sotto il nocciolo mentre il giornalista non vedeva. Quel giorno, quando se n'è andato, la donna ha offerto un cioccolatino all'altra con i sandali e poi è scomparsa.*»
«Le suore quindi non conoscono quella donna?»
«*No, lei arriva quando noi siamo in passeggiata, da sole.*»

«L'ha più rivista dopo quella volta?»

*«No.»*

«Grazie cara signora, la sua testimonianza mi è stata preziosa. Abbia cura di lei, ora. E mi prometta di non riferire più nulla a nessuno di questa faccenda, mi raccomando. Nemmeno alla polizia.» *Dio mi perdoni*, implorò fra sé il commissario. «Per lei potrebbe essere davvero pericoloso.»

In treno, durante tutto il viaggio di ritorno, Ghezzi rimuginò sullo scritto della Fiocchi. Non c'era il minimo dubbio che la donna non fosse più che lucida. Tonolli andava ogni giorno al Parco Lambro con Mayfair e la loro descrizione era stata più che precisa. Ma che nesso ci poteva essere fra il Franzetti, la misteriosa pedinatrice-assassina e la famiglia Bonelli?

Rientrato a casa, contava di precipitarsi al telefono alla ricerca di Tonolli ma sulla soglia trovò Federica, sua moglie, fuori di sé.

«Si può sapere dove sei stato da questa mattina alle otto? Da domani ti munisci di un cellulare, tesoro. Da quando sei in pensione chi ti vede più? Non avevamo deciso di stare un po' più insieme? Qui la lavatrice perde acqua e la pattumiera s'è intasata, fra dieci minuti inizia la seduta di condominio e la pasta si è scotta!»

«E chi se ne frega? Scusa, spostati che devo telefonare», le rispose lui sbuffando.

«E a chi, scusa? Alla tua amante francese, per caso?» lo investì la moglie sempre più inviperita.

«Amante francese? Ma di chi stai parlando? Sei ammattita?»

«Ti ha telefonato tre volte una certa Bamboo Li Mac Neely, con un affascinante, accento francese.

Sembrerebbe anche giovane e molto ansiosa di trovarti.»

«Bamboo Li Mac Neely? Ma è l'amica di Tonolli! Cosa ti ha detto?» Ghezzi non stava più in sé.

«Tonolli non è quel tizio che due mesi fa non avresti più voluto vedere nemmeno dipinto? Comunque, la pupa mi ha parlato di una penna Parker che le hai prestato. Immagino sia quella che non trovavi più e che t'ho regalato io per i tuoi sessant'anni. O no?» lo incalzò la moglie sempre più polemica.

«Ti ha lasciato un numero di telefono?»

Vinta dal disinteresse del marito, Federica gli passò un foglietto con il numero dell'hotel Diana di Milano e aggiunse avvilita: «Se la cosa ti interessa, fai in fretta. Mi ha detto che è in partenza per New York.»

Ghezzi si lanciò sul telefono, senza neppure togliersi il cappotto.

«Oh, *bonsoir* commissario. *Comment ça va?*» Bamboo rispose gentile ma era chiaramente di fretta.

Ghezzi fu più sbrigativo di lei e non riuscì a disperdersi nei soliti complimenti. «Buonasera *Mademoiselle*, sa qualcosa di Tonolli?» le chiese secco.

Bamboo non si aspettava una domanda del genere. Mai e poi mai avrebbe potuto pensare che Carlo e Ghezzi, dopo i fatti di Bellagio, avessero potuto rifrequentarsi.

«*Mais non!* E' per questo che sto per andare a New York. Sono preoccupata. *Et vous?* Perché cercate Carlo?»

«Io e lui stiamo lavorando insieme e... be', anch'io sono preoccupato. Adesso sarebbe lunga spiegarle perché. Contavo di chiamarlo proprio ora. Quando mia moglie mi ha riferito della sua telefonata speravo che lei mi potesse dire qualcosa.»

«Mi dispiace, non so proprio nulla. Anche sua zia Lucia non ha più avuto notizie da Carlo, così ho deciso di imbarcarmi sul primo volo di domani per New York per andare a controllare di persona. Ma di che cosa vi state occupando?»

«Glielo spiegherò all'aeroporto. Mi faccia una cortesia, trovi un posto anche per me sullo stesso aereo. E per dormire? Andremo anche noi al Michelangelo? Chissà quanto costa... A me di sicuro non lo pagherà nessuno», rifletté a voce alta il commissario.

«Io ho un piccolo appartamento sopra quello dei miei genitori. La ospiterò volentieri, tanto più che i miei ora sono in California e mi lasciano la completa disponibilità della casa. Però, la prego, se sente Carlo non gli dica che verrò anch'io. Me lo promette?»

«Non gli dirò nulla, non si preoccupi.»

Sempre con il cappotto addosso, Ghezzi s'infilò in camera da letto, alla ricerca di una valigia, e vi trovò sua moglie accasciata nella poltroncina della toilette, in lacrime. Le si avvicinò con fare circospetto ma, suo malgrado, del tutto distante. «Federica, benedetta donna, ma che hai? Che succede, stai male? Domattina devo partire per New York...»

«Ho sentito. Allora te ne vai davvero con la francese. L'aveva detto la mia amica Teresa: quando gli uomini sono in pensione perdono la testa. Ma tu, proprio tu! Dopo trent'anni di matrimonio, non avresti dovuto farmelo!»

Ghezzi alzò gli occhi al cielo e non rispose.

Le finestre a chiusura ermetica della camera non riuscivano a schermare gli inconfondibili, insistenti rumori della città di notte. Ma Tonolli non ne era disturbato. Anzi. Amava la classica colonna sonora di Manhattan, persistente e modulata il giorno come la notte, fatta di sirene, clacson, mormorii ondivaghi della folla sui marciapiedi, orchestrine blues improvvisate all'angolo con Times Square.

Sdraiato sul letto, il braccio piegato a coprire gli occhi, Mayfair silenziosa al suo fianco, Carlo non riusciva a prendere sonno. E, sicuramente, non a causa dell'entusiasmo di trovarsi a New York.

Mentre sentiva fluire la vita all'esterno, i suoi pensieri vagavano a casaccio nel tumulto di elementi che componevano la vicenda Bonelli. In fondo, quali erano veramente i fatti? Cosa o chi in realtà stava inseguendo? Soltanto ipotesi, supposizioni. Nonostante la risposta della Bonelli sulla *Tribuna* che smentiva l'appello di *"Mayfair"* ai lettori, l'unico dato certo era la scomparsa della donna. Ma di questo soltanto lui era convinto. O forse, più semplicemente, lo supponeva? Non esisteva uno straccio di prova a supporto della sua certezza.

Buttò l'occhio all'orologio. Mezzanotte. In Italia erano le sei del mattino. Si scosse dai suoi pensieri e decise di telefonare a Ghezzi. Bertoni, il direttore del Michelangelo, gli aveva riferito che il commissario lo aveva cercato più volte durante il pomeriggio.

Ghezzi rispose sollevato: era molto in ansia di aggiornarlo sulle sue ultime scoperte. E lo fece con dovizia di particolari che Carlo, man mano, trasferiva in sintesi sul suo taccuino.

«E ora Tonolli, questa è la vera verità: l'assassina sta cercando lei, ormai siamo certi che da tempo la sta pedinando, che sta cercando di entrare nella sua vita. Dunque, come può immaginare, lei è in serio pericolo.»
Il giornalista non rispose. Ormai era altrove. Un breve filo di congiunzione si stava delineando nella sua mente in un disegno appena tratteggiato ma già piuttosto convincente.
«Tonolli? Tonolli, è ancora lì?»
«Sì, mi scusi. Non creda che la cosa mi stupisca più di tanto. Ora capisco. Cos'ha detto? La Fiocchi ha dichiarato che la donna del parco ha gli occhi molto chiari?» Carlo parlava sottovoce, quasi a se stesso.
«Sì, ha detto così, ma non la seguo. Ho forse perso qualche dettaglio?» indagò il Ghezzi.
«Effettivamente sì. Lei non è al corrente di qualcosa che ora non posso spiegarle. Lo farò appena possibile. Per il momento, conservi i foglietti con i nomi dei clienti del Franzetti e getti al più presto il portafogli in un cestino della spazzatura, in modo che la polizia lo ritrovi. Abbiamo già rischiato troppo occultando finora i documenti di quell'uomo. Poi lavori sulla lista di nomi del quaderno che ha trovato in casa Bonelli. Li verifichi, provi a chiamare quelli che sono registrati sull'elenco del telefono e mi sappia dire se c'è un nesso fra loro.»
«Eh no, caro. A parte il fatto che l'ho già fatto. Ne ho controllata una parte ed è risultato che tutti i nomi sono relativi a transessuali, tre dei quali già morti. Ora provi a indovinare come: avvelenati con la medesima sostanza. Ricina. Ha inteso bene? Per questo non perderò altro tempo per capire chi, come e perché uccide questa

signora. Io *so* che ora vuole lei e questo mi basta. Sono convinto che adesso si trovi molto vicino a lei e che, addirittura, l'abbia spinta a Manhattan per farla cadere in trappola, sulle tracce della povera Maria Grazia Bonelli la quale, molto probabilmente, a questo punto è già morta. Ecco la ragione per cui ho deciso che alle dieci di questa mattina partirò per New York. Lei lì ha bisogno di me, non può stare solo.»

«D'accordo. Appena arriva in albergo, se non mi trova mi cerchi sul cellulare.» Carlo non se la sentì di obiettare. Non poteva che concordare con Ghezzi: il suo supporto ora poteva essergli più che necessario.

Mentre si salutavano, Tonolli avvertì il fruscìo del passaggio di una busta sotto la porta. Era consuetudine dell'albergo recapitare in quel modo fax e messaggi e, considerata l'ora, Carlo pensò che si trattasse di materiale inviato dall'Italia. Si alzò, recuperò il piccolo plico da terra e lo aprì.

Conteneva due fotografie. Nella prima si vedeva il corpo di un uomo, bocconi, abbandonato sul pavimento di un ambiente industriale, completamente vuoto.

La seconda avrebbe potuto non guardarla. Ne aveva già immaginato il soggetto, ma lo stesso raggelò. Era Mayfair, ritratta in una camera del Michelangelo. Evidentemente non la sua, perché in un angolo vi si poteva intravvedere la punta di una scarpa da donna.

26

Tonolli si rigirò nel letto fino all'alba quando si alzò di pessimo umore ma con un piano di lavoro ben definito in testa. Anzitutto avrebbe fatto una visita allo studio legale Mc Inney&Carpenter per cercare di capire il senso del telegramma giunto la settimana precedente alla Bonelli. Poi sarebbe passato dall'archivio del *New York Times* per documentarsi su eventuali altri casi di omicidio di transessuali per avvelenamento da ricina. A quel punto, calcolò, sarebbe giunta l'ora di attendere Ghezzi in albergo.

Uscì dal Michelangelo alle nove, evitando con cura di avvelenarsi con il breakfast del "Limoncello". Optò invece per una passeggiata fino al "Palm Court" del Plaza dove si sarebbe goduta un'ottima prima colazione e da lì avrebbe preso un taxi per la West Broadway.

S'incamminò sulla Fifth Avenue e accese il portatile. Il segnale della segreteria telefonica lampeggiò e allo stesso tempo cicalò. Conteneva tre messaggi. Il primo, di sua zia Lucia, lamentosa perché non sapeva più nulla di lui. Il secondo, di Anita Carli, singhiozzante e spaventata. Gli annunciava il suicidio di Giovanna, un fatto che Carlo archiviò subito con allarme nella cartella mentale che di ora in ora definiva con maggior chiarezza la sua idea sull'assassina. Anita lo pregava di mettersi in contatto con lei il più presto possibile: «...ora capisco che le minacce a mia madre di cui mi ha parlato sono davvero gravi. La prego, mi chiami. Resterò in casa tutto il pomeriggio.»

Il terzo messaggio era di Fabio Traversi, l'investigatore privato che aveva contattato Viani. Era in uscita per incontrare la Carli alle sette di sera. *Ma come?* si disse Tonolli. *I programmi dei due non coincidono.* «...alloggio al Gramercy Park Hotel, stanza 2153. Mi può lasciare un messaggio, altrimenti la chiamerò io più tardi.»

Maledizione! Come aveva potuto dimenticarsi di riattivare il cellulare? Quelle erano telefonate del pomeriggio precedente. Se il Traversi avesse incontato qualcuno alle sette (che peraltro non poteva essere la Carli), avrebbe dovuto farsi vivo con lui in tarda serata, al suo rientro in hotel.

Senza riflettere, Carlo alzò un braccio, fermò il primo taxi e si fece portare al Gramercy. Lungo il tragitto chiamò il suo amico Tinelli. «Ciao, Sandro. Ho bisogno del numero di telefono dello studio McInney&Carpenter Associati. Sono avvocati e stanno nella West Broadway.»

«Ehi, Capo, hai già bisogno d'assistenza legale? Dammi un secondo e avrai quello che vuoi.» La comunicazione s'interruppe per qualche attimo lasciando posto a una musichetta rap fin quando ritornò la voce garrula del Tinelli. «Spiacente. Lo studio McInney&Carpenter non esiste in tutta Manhattan.»

«Sicuro?»

«Be', vuoi farmi inferocire? Ti ricordo che questo è il *New York Times* non la *Gazzetta di Pero*.»

«Ok. Alla prossima.» Carlo fu sopraffatto dalla netta sensazione di essere stato preso per il naso sin dall'inizio. Ghezzi aveva ragione. Chi era veramente la burattinaia che giostrava fatti e persone a suo piacere? Un mostro o un genio? E perché aveva preso di mira proprio lui?

La brusca fermata del taxi davanti al Gramercy lo riportò alla realtà. Alla *reception* chiese notizie del Traversi a una brunetta in cuffia. «Mister Traversi ha lasciato l'hotel», cantilenò la tipa con tono moscio.

«Ma quando? E' arrivato solo ieri.»

«Sì, ma ieri sera è venuta una sua parente per avvisarci del cambiamento di programma e ha ritirato il suo bagaglio», rispose sempre più a fatica la ragazza, controllando al computer quello che stava dicendo.

«E ha pure pagato il conto?»

«Ma lei chi è, scusi, per fare tutte queste domande? Non sono tenuta a risponderle. Se insiste chiamerò la Security.»

Carlo conosceva bene il Gramercy. In gioventù vi aveva soggiornato più volte e sapeva che la Security, lì, era soltanto un modo di dire. Il Gramercy era uno degli alberghi meno sicuri di New York, nonostante la sua fama tutto sommato ad alto profilo. Sapeva anche che chiunque poteva entrare e uscire quando e come avesse voluto. Così non aggiunse altro alla scemetta e si avviò agli ascensori sapendo che nessuno l'avrebbe fermato. Arrivato al secondo piano, girò a sinistra, seguendo le indicazioni dei numeri di camera e poco dopo si ritrovò davanti alla 2153. La porta era aperta e una giovane cubana stava rassettando.

«Dovrei cambiarmi. Può tornare fra cinque minuti?»

La cubana non ritenne il caso di doversi informare se lui fosse il nuovo ospite o chi altro, e se ne andò in silenzio lasciandolo solo. Tonolli depose a terra Mayfair e iniziò a ispezionare tutto l'ambiente. Nessun oggetto personale, naturalmente. Le lenzuola erano state cambiate anche se il letto non era stato nemmeno sfiorato, dato che le precedenti giacevano intonse sul pavimento. Nessuna traccia di vuoti al frigobar, né di carta straccia nel cestino di fianco alla scrivania. Entrò nel bagno: asciugamani e accappatoio non erano stati rimossi, le saponette di Kiehl's, il famoso negozio newyorkese di prodotti naturali, erano ancora incartate.

Nulla di indicativo. Tornò verso la porta d'ingresso della camera e si girò per chiamare Mayfair con un fischio. La cagnolina era impegnatissima a scavare la moquette sotto il comodino.

«Allora Mayfair, vuoi venire o no? Cosa stai stanando da sotto il letto?»

Lei non accennò di aver udito il suo richiamo. Sbuffando, Carlo andò a recuperarla. Si chinò e allora, vicino all'oggetto dell'interesse sfrenato di Mayfair, una pallina da golf dimenticata da chissà chi, vide la busta. La solita busta chiusa. La prese e se la mise in tasca, non aveva tempo di aprirla lì. Infilò il cane nel loden e uscì dalla stanza.

In strada, accelerò il passo e si diresse in Irving Square, una piccola piazzetta a un paio di blocchi dal Gramercy. Pensava di prendersi un caffè alla "Pete's Tavern", uno dei più vecchi bar newyorkesi, e aprire la busta in tutta tranquillità. Il tempo era buono, così sedette a un tavolino sul marciapiedi fuori del locale, ordinò muffin e caffè al cacao e si perse a osservare gli scoiattoli giocare sui rami delle piante della via. Stava perdendo tempo, se ne rendeva conto. Forse perché inspiegabilmente provava sgomento, come se non se la sentisse di scoprire il contenuto di quella busta. Alla fine s'impose di aprirla. Era in ballo e doveva ballare. Ormai il suo cuore non sobbalzava più alla vista delle misteriose foto di Mayfair. Eccone infatti un'altra, puntuale, ripresa all'ingresso dello zoo di Central Park. In effetti, lui c'era stato per una buona mezz'ora il giorno prima, a far sgambettare Mayfair lungo il viale che conduceva allo zoo. Quello era sempre stato uno dei suoi itinerari preferiti, anche perché sfociava di fronte al famoso orologio bavarese con le grandi statue di animali che scandiscono le ore in girotondo, uno degli oggetti più curiosi e fiabeschi che avesse mai visto. E la fotografia doveva essere stata scattata proprio nel momento in cui lui, di schiena alla camera e naso all'aria, si beava della vista dell'enorme orologio. Infatti, alle spalle della cagnolina, si potevano riconoscere il risvolto dei suoi pantaloni e le sue Church's.

Girò la foto sul verso dove gli apparvero le lettere ritagliate da diversi quotidiani a formare questa scritta: *"Se vuoi avere notizie della Bonelli torna qui al più presto"*.

Si alzò come se la sedia fosse diventata incandescente, gettò dieci dollari sul tavolo e cercò un taxi.

27

Non poteva negarlo: Ghezzi aveva il terrore di volare. E purtroppo il panico gli serrava la gola dal decollo all'atterraggio, senza possibilità di pausa. Non a caso aveva sempre cercato di evitare di viaggiare in aereo e, al massimo, in tutta la sua vita, era stato a Palermo. Un'ora e mezza di volo. Qui si trattava di restare rinchiusi nel maledetto siluro per otto ore, e anche di più se i venti contrari facevano i capricci.

Bamboo se ne accorse subito, e quando l'aereo prese velocità sulla pista di Malpensa tentò di distrarlo, di farlo parlare, tempestandolo di domande sul caso di cui si stava occupando Tonolli.

Non ottenendo alcun risultato, la ragazza mirò al centro del problema, proprio mentre l'aereo stava pigliando quota e il commissario, sguardo vitreo e mani sudate artigliate ai braccioli, aveva ormai perso l'uso della parola.

«*Mais vous avait peur!*»

«No, no certo», riuscì a farfugliare Ghezzi. «Semplicemente soffro di nausea, di mal d'aria...»

«*Alors c'est facile!* Prenda questa pastiglia e si sentirà subito meglio.» Bamboo gli allungò una Xamamina che, in pochi minuti, gli procurò un sonno tale da farlo risvegliare otto ore dopo al JFK, ad apparecchio già fermo.

Agevolati dalla nazionalità americana della ragazza, uscirono facilmente dalla dogana e decisero di passare da casa per lasciare il bagaglio.

In taxi, Bamboo attivò il suo satellitare e lo passò a Ghezzi. «Chiami lei Carlo e non gli dica che io sono qui.»

Il commissario compose il numero del portatile di Tonolli, ma l'apparecchio non dava alcun segnale. Poi chiamò il Michelangelo, dove gli comunicarono che Tonolli era fuori dalle nove di quella mattina.

«Non sanno dov'è, è uscito alle nove di stamane… ora sono le due del pomeriggio. Vorrà dire che ci richiamerà quando troverà il mio messaggio nel cellulare.»

Bamboo atteggiò le labbra in una smorfia di perplessità. «Possibile? La stava aspettando, no? E allora perché ha spento il cellulare?»

«Forse non può parlare o forse in questo momento il telefono è occupato.»


In realtà a quel numero di cellulare Carlo non sarebbe mai più stato rintracciabile. I fatti erano precipitati all'incirca due ore prima, non appena il giornalista si era ritrovato davanti all'orologio dello zoo. Proprio lì, di punto in bianco, gli si era avvicinato un barbone. «Sei tu Tonolli? L'italiano?» L'uomo faceva fatica a parlare. Nel sangue doveva avere un tasso di alcol al massimo livello. Portava un cappotto liso di tre taglie più grande della sua e scarponcini militari con le suole aperte sulle punte dalle quali s'intravedevano le dita nere dei piedi.

«Sì, sono io. Che vuoi?» gli rispose Carlo sempre più inquieto.

Il barbone gli sventolò sotto al naso una busta bianca. «Una donna mi ha detto che t'interessa questa lettera mentre a lei interessa il tuo cellulare.»

«Quale donna?»

«Non so chi sia. Mi ha riempito di verdoni per questo 'lavoro' e non la vorrei deludere. Allora me lo dai o no il telefono?»

Tonolli rifletté. Sentiva il pericolo accanto a sé come una presenza aliena. Non avrebbe potuto rinunciare al telefono. Se l'uomo avesse acconsentito a consegnargli prima la lettera, considerate le sue condizioni fisiche lui avrebbe fatto in fretta a seminarlo, schizzando sotto il ponticello alla sua sinistra, verso una delle uscite laterali del parco.

«Dammi prima la lettera. Anch'io ti posso pagare bene.»

«Non se ne parla nemmeno. Pensi che sia scemo? Di soldi ne ho già avuti abbastanza, te l'ho detto», lo schernì il barbone.

Carlo capì di non avere scelta. Ormai doveva andare fino in fondo. Gli allungò il cellulare. L'altro lo afferrò e lo gettò a terra. Poi, fulmineo, estrasse dalla tasca del cappotto un martello e con due colpi ben assestati, lo sfasciò. Prima di andarsene zoppicando, gettò sui piedi di Carlo la busta e gli disse: «Good bye amico! E auguri perché devi essere in un mare di guai.»

In effetti Carlo si sentiva affogare nel guano. Aprì la busta e gli apparve di nuovo una fotografia. Questa volta non ritraeva Mayfair. Nell'immagine, scattata di sera nella zona dei docks di New York, si poteva riconoscere una donna di spalle, sicuramente anziana, seduta su un sacco d'immondizia. Sul verso, altre lettere ritagliate da quotidiani e incollate, segnalavano un indirizzo che Carlo riconobbe nella zona del Meat Market, il vecchio mercato della carne situato proprio verso i docks. Conosceva bene quella zona perché, negli ultimi anni, aveva accolto le sedi prestigiose di gallerie d'arte, negozi e show room di moda, ristoranti trendy, affiancandole, secondo le leggi di un lugubre trend, ai vecchi macelli ancora in opera.

Sotto l'indirizzo era indicata un'ora: le tre del pomeriggio. Quarantacinque minuti da quel momento.

Il giornalista sedette su una panchina e cercò di calmare il senso di smarrimento che lo aveva assalito. Non poteva agire senza riflettere, come suo solito. Prima di tutto non avrebbe ripetuto gli errori del passato, dunque non avrebbe portato Mayfair con sé. Per raggiungere il Meat Market, però, non avrebbe impiegato meno di mezz'ora, quindi non avrebbe avuto il tempo di riportare la cagnolina in albergo. Gettò un'occhiata febbrile tutt'intorno, nella moltitudine di frequentatori del parco, per farsi venire un'idea pur senza sapere quale.

Il suo sguardo indugiò sulla figura rubiconda di una maestra di scuola, in testa a una schiera di bambini all'ingresso dello zoo. Subito dietro individuò un gruppo di ragazzi in tuta fermi al chiosco degli hot dogs e velocemente decise per il rischio che gli parve minore.

Estrasse di tasca il suo notes e iniziò a scrivere affannosamente. Dopo una decina di minuti riunì i cinque fogli che aveva riempito con una scrittura fitta e sicura, li infilò nella busta che aveva contenuto la foto, e sopra vi segnò il nome di Ghezzi. Infine si concentrò sui ragazzi. Doveva sceglierne uno. Il suo cuore iniziò a pulsare forte. Come avrebbe potuto staccarsi da Mayfair e consegnarla a uno sconosciuto? Riuscì a vincere il terrore ricordando il caso di Bellagio, quando davvero aveva pensato e rischiato di perderla per sempre.

Dei giovani, in fondo, lui si era sempre fidato. Questi erano sportivi, apparentemente ricchi e allegri. E scelse d'istinto quello che gli pareva il più tenero, pieno di lentiggini, un accenno di peluria sulle guance, un ciuffo biondo spiovente sugli occhi e la bocca piena di hot dog. Si alzò e lo avvicinò.

«Mi chiamo Carlo Tonolli e sono un giornalista italiano. Ho perduto il cellulare e ho un grosso problema. Ti va di guadagnare duecento dollari?»

Il giovane non rispose. Lo scrutò guardingo e subito i suoi compagni lo accerchiarono protettivi.

«Ho bisogno che il mio cane venga riportato in albergo, in mani sicure. Io non posso farlo... oh Dio, come spiegarvi in che casino mi trovo?» Carlo si rese conto che la sua richiesta, formulata in quel modo, era assurda e soprattutto ambigua. Si passò una mano fra i capelli, imbarazzato.

«Scusa, come non detto. Buona passeggiata.»

Stava per andarsene, quando il biondo gli sfiorò il braccio. «Dimmi, cosa dovrei fare per te?»

«Ho bisogno d'aiuto perché a questo cane non capiti nulla di male. E' l'essere che amo di più al mondo e con me ora può essere in pericolo. Devo trovare una persona fidata che lo porti all'hotel Michelangelo nella Cinquantunesima all'angolo con la Settima, e lo consegni nelle mani del direttore, Tony Bertoni, con questa lettera per un mio amico.»

Gli occhi di tutti i ragazzi ora erano puntati sul musetto di Mayfair che spuntava dal loden di Carlo. La loro espressione era cambiata.

Parlò il biondo. «Non preoccuparti. Fra poco il tuo cane sarà al sicuro nel tuo albergo, nelle mani di Mister Bertoni.»

Tonolli trasse un profondo sospiro di sollievo ma fece fatica a staccarsi da Mayfair che, avendo capito che lui se ne stava andando senza di lei, opponeva una penosa, inutile resistenza al trasferimento dal loden di Carlo al giubbotto di felpa del ragazzo.

«Brava, Mayfair. Io tornerò prestissimo», le sussurrò Carlo. Poi si rivolse al biondo: «Questi sono duecento dollari amico, prendili e grazie. Non sai quant'è importante per me quello che stai facendo.»

«No. Non voglio niente. Anch'io ho un cane. Ti capisco. Mi chiamo Russell: ti lascerò in albergo il mio numero di telefono perché mi piacerebbe sapere come va a finire questa storia.» Carlo non riuscì a insistere: Russell il lentigginoso era già in corsa verso la Fifth Avenue con Mayfair che abbaiava disperatamente sul suo petto.

28

La redazione della *Tribuna del Lario* quel pomeriggio era stranamente sotto tono. Forse era il nervosismo del direttore la causa di della calma piatta che serpeggiava sia fra i redattori della 'fossa comune', lo stanzone che riuniva tutti i cronisti e i capi servizio, sia negli 'acquari' dei capiredattori, gli angusti corner con le pareti trasparenti.

Sembrava che ogni giornalista fosse in attesa di vedere Viani espellere a calci nel sedere il povero Marino Bianco, il responsabile della cronaca, rinchiuso nell'ufficio del capo da più di un'ora. Perché quando c'era di mezzo Tonolli, il *fair play* anglosassone, la cortesia, la discrezione e l'educazione di Giovanni Viani diventavano ricordi lontani. In quei momenti, ultimamente piuttosto frequenti, i redattori fra loro usavano riferirsi al direttore con il nomignolo di "Mister Hyde".

Nella stanza di Viani, nel frattempo, la tensione si tagliava con il coltello. Marino Bianco era consapevole di non essere in grado di dare la benché minima risposta alle domande del direttore.

«Allora, Bianco, vogliamo ripercorrere per l'ennesima volta i fatti degli ultimi due giorni?»

«Ma direttore, gliel'ho già detto mille volte: io con Tonolli non ho mai parlato. Non sapevo nemmeno che in questo momento si trovasse a New York!»

«E va bene. Ci ho parlato io, quasi due giorni fa, e ora? Le par possibile che sia diventato irrintracciabile? Con il

Traversi, quell'investigatore privato di Milano, ci aveva parlato lei, no?»

La luce da tavolo, l'unica accesa nell'ambiente, era un faro negli occhi del povero Bianco che, più che a un colloquio fra colleghi, si sentiva sotto le sgrinfie di uno sbirro uscito da un vecchio film giallo in bianco e nero.

Il giovane non rispose. Era a pezzi.

«Che fa? Ha perso la parola?» tuonò il direttore. «Mi può dare una spiegazione almeno del fatto che fra breve riceveremo la visita di un certo commissario Pinti del distretto di Polizia di via Feltre? Il Pinti dice di aver parlato con lei. Questo non lo può negare, vero?»

«L'ho già detto: Pinti vuole parlarle perché la polizia ha scoperto strane connessioni fra l'omicidio di un transessuale al Parco Lambro e il suicidio di una certa Giovanna Carli. Questa tizia, negli ultimi giorni della sua vita, pare abbia ricevuto le visite di Tonolli, di un ex commissario di polizia, Ettore Ghezzi, e del Traversi. E per quanto riguarda Giuseppe Franzetti, il travestito avvelenato al parco, sembra che anche in relazione a questo caso sia Tonolli sia il Ghezzi abbiano cercato d'informarsi proprio al commissariato di via Feltre. Due più due fa quattro per tutti, direttore. Al Pinti sono bastati pochi minuti per scoprire il lavoro di Tonolli, la rubrica di *"Mayfair"* e il suo recente contatto con la nonna della Carli, Maria Grazia Bonelli, anche lei latitante. Addirittura scomparsa per il nostro Tonolli.»

«E che cosa vuol sapere da me questo Pinti se nemmeno io so più nulla di Tonolli? Ha cercato, come le ho chiesto, la signorina Mac Neely all'hotel Diana?»

«Sì, certo. Subito. In albergo mi hanno detto che la Mac

Neely è partita per New York. Purtroppo nessuno di noi conosce il suo numero di cellulare e...»

Viani perse di nuovo la calma. «Be', ma scusi, vi devo proprio imboccare come dei lattanti! Chiami la Sorbona e se lo faccia dare. Si dia una mossa. Cosa crede, di fare l'impiegato?»

«Insomma, direttore, mica me lo posso sognare che alla Sorbona di Parigi mi potrebbero fornire il numero di quel maledetto cellulare! Ma chi è questa qui? Se faceste un po' meno misteri fra lei e il Tonolli...»

Come tutta risposta Viani afferrò dalla scrivania una pesante palla di vetro di Murano e la scaraventò in fondo alla stanza. Il Bianco, senza fiatare, infilò la porta e scomparve.

Viani tentò di ritrovare la calma. Si allungò nella poltrona e, attraverso l'interfono, chiese alla segretaria di chiamare Ghezzi a casa. Dopo pochi minuti si ritrovò a parlare con una donna in lacrime.

«La signora Ghezzi? Sono Giovanni Viani, direttore della *Tribuna del Lario*, mi può cortesemente passare suo marito?»

«Mio marito non c'è. E' scappato con la sua amichetta francese», frignò Federica.

Imbarazzato, il giornalista cercò di sondare. «Conoscendo suo marito, fatico a crederci, signora. Non si tratterà per caso di una certa signorina Bamboo Li Mac Neely?»

«Proprio lei, direttore...»

«Allora può star tranquilla, cara signora. Bamboo è la fidanzata di Carlo Tonolli, un nostro valido collaboratore», le rispose Viani con enfasi, esagerando volutamente la definizione del ruolo della ragazza nella vita del collega.

«Se lo dice lei. Però, quando le ha parlato, mio marito sembrava un pazzo. In due minuti ha fatto la valigia e la mattina dopo se n'è andato con lei a New York. Pensi che in trent'anni siamo stati insieme al massimo in Val d'Aosta.»

Viani non aveva più tempo da perdere. Sapeva quello che gli interessava. Blandì la donna e chiuse la comunicazione proprio nel momento in cui la segretaria gli annunciava l'arrivo del commissario Pinti.

29

Quando si trovò in casa Mac Neely, in Thompson Street, a Ghezzi sembrò di vivere dentro il fotogramma di un film. Una palazzina di tre piani, in mattoni rossi con la classica scala antincendio esterna in ferro, in una via stretta nella zona più europea di Manhattan, fra il Greewich Village e Soho.

Bamboo lo precedette ed entrarono direttamente in un vasto locale bianco, solo apparentemente spoglio, perché un occhio attento non avrebbe potuto evitare di apprezzare la presenza di pezzi di design storici, sparsi fra la zona studio del padre di Bamboo (un noto architetto americano), e l'ambiente living-cucina.

Per raggiungere l'appartamento di Bamboo che avrebbe ospitato Ghezzi, dovettero salire tre piani e la ragazza ne approfittò per mostrare tutta la casa al commissario.

La scala pareva una scultura in acciaio e montava a vista fino al tetto, accompagnando lo sguardo in un immacolato spazio aperto verticale.

La giovane cameriera vietnamita che in silenzio li seguiva, li precedette in una grande stanza del secondo piano, adiacente a quella padronale. Di norma quel locale veniva utilizzato come studio dalla mamma cinese di Bamboo, sensibile pittrice di animali ma, al bisogno, diventava spazio per gli ospiti. Un altro ambiente spoglio, ordinatissimo e bianco, nel quale spiccava contro una parete vuota un letto a barca in rovere dei primi del secolo scorso.

«Io starò qui», stabilì Bamboo con un sorriso. «Questo è

uno degli angoli della casa che più amo. Ora, commissario, potrà raggiungere il mio appartamento, al piano superiore. Mei Su glielo mostrerà. Spero che le piacerà. Ci rivedremo qui fra dieci minuti, va bene?»
«Benone. Poi che si fa? Il nostro amico non s'è ancora sentito», rispose Ghezzi con apprensione.
«Andremo direttamente al Michelangelo, sperando che nel frattempo ci sia ritornato anche Carlo. *Ça va?*»


Alle tre e un quarto la *reception* del Michelangelo era superaffollata. James, il responsabile, impegnatissimo a chiudere i conti di una comitiva di tedeschi in partenza, non si accorse subito del ragazzo in tuta che gli ammiccava con complicità alle spalle di un grassone.
«Cerchi qualcuno?» lo apostrofò finalmente.
«Cerco Mister Bertoni, il direttore», rispose Russell timido, e aggiunse: «Da parte di Mister Tonolli. E' urgente.»
«Puoi aspettare un minuto? Bertoni adesso è impegnato», continuò James a testa bassa.
Russell tentò di insistere. «E' urgente le ho detto, molto urgente.»
Una voce più acuta s'intromise fra loro: «Scusi, è urgentissimo, è in albergo Carlo Tonolli? Sono Sandro Tinelli del *New York Times*.»
James alzò lo sguardo sul nuovo venuto per rispondergli ma Russell lo precedette. «No, lui non c'è. Lei è un suo amico? Credo che sia in pericolo. Mi ha pregato di portare il suo cane a Mister Bertoni, il direttore, con questa lettera.»

*Ci siamo... Sento puzza di scoop*, pensò il Tinelli con ingordigia. «Fa' vedere, giovanotto», ordinò al ragazzo e tentò di carpirgli al volo la lettera di Carlo. Ma la mano di Ghezzi, più veloce della sua, s'insinuò con destrezza fra lui e Russell e riuscì ad afferrare la busta. L'ex commissario e Bamboo erano arrivati giusto in tempo e la lettera finì diritta nella tasca del destinatario.

«Vede cosa c'è scritto? *"Per Ettore Ghezzi"* e, guarda caso, Ettore Ghezzi sono io.»

Sentendo quella voce conosciuta, Mayfair fremette, abbaiò e uggiolò e pensando che ci fosse anche Carlo cercò di tuffarsi dalla felpa di Russell.

«Dalla pure a noi. Ora è in mani sicure.» Bamboo, commossa, sfilò la cagnolina dalla felpa del ragazzo e la strinse a sé.

«Posso star tranquillo, vero signorina? Mi sono impegnato con Mister Tonolli. Era molto angosciato per il suo cane.» Il ragazzo si strinse imbarazzato una mano nell'altra.

«Non preoccuparti e grazie. Carlo sarà orgoglioso di quello che hai fatto per Mayfair», rispose Bamboo.

Russell baciò la cagnolina e fece per andarsene ma Ghezzi lo trattenne per un braccio.

«Gli chieda se può fermarsi qualche minuto con noi», domandò sottovoce a Bamboo. «Penso che dovremmo fargli alcune domande in privato.»

In quell'attimo giunse Bertoni. «James mi ha detto che qualcuno di voi ha bisogno di me.»

Il commissario si presentò e gli chiese di potersi appartare nella camera di Carlo per parlare con il ragazzo.

«Dovrei avvisare la Security, lei può capire commissario.

Tonolli sembrerebbe davvero scomparso.» Bertoni titubava.

«Lasci perdere per ora. In fondo non abbiamo ancora la certezza che Tonolli sia sparito. Le assicuro che sia io che la signorina Mac Neely siamo suoi amici intimi. Saremmo noi stessi a chiedere per primi l'intervento della polizia se fossimo certi che lui è davvero in pericolo.»

«Va bene, però vi concedo solo un paio d'ore. Ma se dopo questo lasso di tempo Mister Tonolli non avrà dato notizie, avviserò la polizia.»

Un inserviente li accompagnò alla 614. E qui Russell raccontò per filo e per segno il suo incontro con il giornalista allo zoo di Central Park. «… noi, io e i miei compagni, l'avevamo notato, pochi minuti prima che lui ci avvicinasse, parlare animatamente con un barbone», concluse.

Con l'aiuto di Bamboo, Ghezzi ringraziò il ragazzo e lo congedò con la promessa che gli avrebbe fatto avere notizie di Carlo. Poi aprì la lettera di Tonolli indirizzata a lui e la lesse a voce alta. *"Caro Ghezzi, sono costretto a mandarle Mayfair perché fra poco avrò un incontro particolarmente rischioso. Le chiedo di non lasciarla neppure un minuto, neanche mentre dorme, come faccio io. Mayfair è un essere troppo fragile e lei sa quanto ci tengo. Deve anche mandare SUBITO a Viani l'articolo che ho scritto a mano sui fogli seguenti, per fax o e-mail, come le viene più facile. Spero di farmi vivo con lei, al più presto, ma se ciò non mi fosse possibile le raccomando Mayfair: faccia in modo di consegnarla a*

*Bamboo Mac Neely. CT"*.

30

Il commissario Pinti aveva un aspetto bonario ma Viani pensò che quello era un dettaglio non necessariamente rassicurante. Si presentarono e si accomodarono nel salottino dell'ufficio del giornalista.

«Probabilmente lei sa già perché mi trovo qui», iniziò il commissario con un'occhiata inquisitoria.

«No. Davvero. Non riesco a immaginarlo, anche se Bianco mi ha accennato qualcosa», rispose con sicurezza Viani.

«Si tratta di un caso, o forse due casi, di cui si sta occupando un vostro collaboratore, Carlo Tonolli, già a noi noto per la sua attività per così dire 'speculativa' all'interno di vicende di esclusiva competenza della polizia.»

Viani non aprì bocca.

«Mi risulta», continuò Pinti, «che Tonolli si sta interessando all'omicidio di un transessuale al Parco Lambro, un caso che, ancora per cause da chiarire, sembrerebbe in qualche modo collegato al suicidio di una certa Giovanna Carli. I miei investigatori hanno trovato prove concrete di questo legame in casa Bonelli-Carli, prove che, naturalmente, non posso riferirle. Le posso però anticipare che sappiamo di certo che Giuseppe Franzetti e Giovanna Carli si conoscevano. Nella più facile delle ipotesi lei era una cliente del massaggiatore. Curiosamente, Carlo Tonolli ha avuto contatti anche con Giovanna Carli. Non solo. Sul suo giornale è apparso questo articolo sul quale desiderei avere delucidazioni.»

Il commissario allungò il ritaglio della *Tribuna* relativo alla scomparsa di Maria Grazia Bonelli e rimase in attesa di un cenno da parte di Viani.

Il direttore rigirò la pagina fra le mani, tentando di prendere tempo. Di fronte all'evidenza, era obbligato a rispondere e cercò di mantenere il controllo di sé. «Come lei saprà, Tonolli segue una rubrica di grandissimo successo sul mio giornale. Le confermo che si è interessato del caso Franzetti, perché ci si è quasi trovato in mezzo visto che era al Parco Lambro con il suo cane. Ma la sua 'indagine', per ora, s'è fermata lì. Per quanto riguarda invece la vicenda Bonelli-Carli, siamo stati sollecitati direttamente dall'interessata, la Bonelli, a occuparci di indagare sulle minacce di morte di cui è vittima, problema cui nessuno, polizia compresa, prestava il minimo interesse. Tuttavia, la signora stessa ha inviato al giornale la smentita della sua scomparsa e dichiara di trovarsi all'estero, ospite di un'amica, per riprendersi da una brutta influenza. E' vero che il giorno in cui Tonolli doveva incontrarsi con la Bonelli lei non poté riceverlo e che lo accolse la nipote, quella che si è suicidata ieri, ma le garantisco che il contatto fra i due è finito lì.»

«Ora Tonolli è a New York...» buttò lì Pinti.

«Già», abbozzò Viani.

«E che ci è andato a fare?» lo incalzò impietoso il commissario.

La risposta di Viani abortì per l'arrivo non preannunciato di Marino Bianco. «Direttore, mi scusi, ma è arrivata l'intervista che attendeva con urgenza al Ministro dei

Beni Culturali, a proposito di quella mostra sponsorizzata da Banca Intesa.» Bianco fissava negli occhi il direttore mentre, con mano impercettibilmente tremula, gli porgeva una stampata.

A Viani bastò leggere soltanto le prime tre righe per diventare terreo in viso. Ripassò al volo il fax a Bianco.

«Mi raccomando, la legga lei con attenzione. Controlli che non ci siano errori di battitura o altro. Non abbiamo tempo per la revisione dei correttori di bozze… la passi subito in stampa, personalmente. Questa roba chiude fra un'ora.»

Il direttore si rivolse di nuovo a Pinti e, appellandosi al suo innato *self control*, gli rivolse un sorriso. «I tempi dei giornalisti a volte sono peggio di quelli dei medici. Dov'eravamo rimasti?» gli domandò con aria di scusa.

«Che ci fa Tonolli a New York?» lo impiombò di nuovo il commissario.

«Sinceramente non lo so. Non è uno stipendiato, a volte si piglia qualche giorno senza dare spiegazioni.»

«*Sinceramente?*» ripeté con sarcasmo Pinti alzando il sopraciglio destro. «Lei è al corrente che la Bonelli possiede una casa anche a Manhattan?»

«No. Non lo sapevo. Tutto quello che so gliel'ho già detto commissario.»

Viani si alzò in piedi e allungò la mano al poliziotto con l'esplicito intento di congedarlo. Quel colloquio lo aveva spompato. Doveva fare in modo di concluderlo in fretta.

Il commissario recepì il messaggio e si alzò dalla poltroncina. Strinse la mano al giornalista ma, prima di lasciare l'ufficio, gli domandò a bruciapelo: «Conosce un certo commissario Ghezzi?»

«Ghezzi? Ettore Ghezzi?»

«Sì, lui. Ora è in pensione.»

«L'ho conosciuto l'anno scorso a villa Guanzani. Seguiva le indagini dell'omicidio De Mei.»

«L'ha più rivisto?»

Viani abbassò lo sguardo alla punta delle scarpe. «No, perché?» rispose con naturalezza.

«Non importa», proseguì Pinti seccato, «ma si ricordi: qualunque cosa le venga in mente di dovermi dire lo faccia senza indugio. Lo riferisca anche al suo amico Tonolli. Glielo consiglio. Quando non si è del mestiere, è facile trovarsi impantanati in fatti più grandi di noi e accorgersene tardi può essere pericoloso.»

Quando finalmente Viani chiuse la porta alle spalle del commissario, dovette stendersi qualche minuto sul divano per riprendere fiato.

Che pasticcio! Aveva mentito sapendo di mentire. E ci mancava il pezzo di Tonolli giunto proprio nel momento cruciale.

Ancora sfiancato da quel colloquio col Pinti, si levò dal divano e convocò immediatamente Bianco.

«Eccellente il suo intervento davanti al Pinti. Complimenti, Bianco», si congratulò mentre l'altro gli allungava il fax di Tonolli.

«Grazie, direttore, ma ora siamo davvero fritti. Ha capito esattamente quale putiferio scatenerà domani l'annuncio di *"Mayfair"*? Ma che sta succedendo?»

Viani non rispose. Stava leggendo un appunto di Tonolli scritto per lui che lo tramortì: *«Caro direttore, stiamo andando diretti nell'occhio del ciclone. L'ordine di scuderia è il solito: LEI NON SA NULLA di quello che sto combinando qui. Io le ho mandato il pezzo e poi sono scomparso. D'altra parte è la verità. Non so dove sono diretto, ma se tornerò questo sarà un colpo grossissimo per il giornale! Mandi una copia del mio articolo a Sandro Tinelli del* New York Times *e gli chieda di pubblicarlo su richiesta della* Tribuna *il più presto possibile. Temo che avremo bisogno di supporto stampa anche qui. Spero a presto. CT»*

31

Alle tre precise, Carlo si era trovato di fronte all'entrata di un grande *building* nella Tredicesima, a ridosso della *high way* parallela ai docks. Il portone in ferro era spalancato. All'interno, nessun'altra presenza di un operaio di colore che portava sulle spalle un sacco di cemento.
Lo fermò e gli mostrò la foto dell'ambiente con l'uomo disteso a terra, badando bene di nasconderlo con il pollice.
«Sono interessato all'acquisto di uno spazio in questo stabile. Ho visto alcune foto, in particolare questa. Mi sai dire a che piano si trova questo loft?»
La risposta dell'operaio gli confermò che si trovava sulla strada giusta. «Purtroppo ora ci sono solo io. I miei compagni e il geometra sono ancora in pausa. Comunque a me sembra l'interno 7b. Qui stiamo suddividendo lo spazio in ambienti pressoché uguali. Alcuni sono già finiti, come questo, altri devono ancora essere imbiancati. Prenda il montacarichi, salga al dodicesimo piano, svolti a sinistra. Incoccerà in un portoncino laccato di nero, alla sua destra. Quello è il 7b. Entri pure, è aperto.»
Tonolli salì sul montacarichi. Senza saperlo, stava seguendo il medesimo itinerario che, qualche ora prima, aveva condotto Fabio Traversi alla morte. Quando si trovò davanti alla porta laccata di nero, per un attimo esitò. Infine si decise. La spalancò e si trovò nell'enorme spazio bianco.
La luce del sole sparava fasci accecanti dalle vetrate e il

giornalista dovette ripararsi gli occhi con una mano. Non notò alcuna presenza umana, né viva né morta e cercò di riconoscere il punto in cui avrebbe dovuto trovarsi il corpo inerme della foto. Valutò la posizione di due colonne alla sua sinistra che nella foto sembravano parallele all'uomo disteso, e individuò una lunga sezione del pavimento che nell'immagine sembrava di colore più scuro ma che nella realtà era una 'pezza' in materiale diverso, più rugoso. L'uomo della foto doveva essere disteso proprio a metà di quel punto.

Carlo si piegò e osservò con attenzione a terra: né sangue, né orme, né tracce di passaggi recenti. Sembrava fosse transitata da poco un'impresa di pulizie. Eppure non c'era il minimo dubbio: la zona era quella.

Secondo le descrizioni dei testimoni, l'assassina del Carli e del Franzetti era una donna di età avanzata: come avrebbe potuto, da sola, rimuovere un cadavere, ripulire tutto e andarsene sotto gli occhi degli operai?

Tonolli si spostò alla parete laterale destra, dove iniziava la lunga vetrata su tre lati dell'ambiente. Da lì scorse la *high way*, i docks e poté riconoscere il punto di ripresa dell'ultima foto, quella con la donna anziana di spalle, seduta sopra un sacco d'immondizia. Controllò l'immagine selezionandola fra le altre che portava con sé e riconobbe una colonnina idrica, il portico industriale dell'edificio adiacente e il semaforo all'angolo della avenue.

Si domandò quale sarebbe stato il prossimo segnale dell'assassina. Un'altra foto? Ma dove? Imitando quanto di solito faceva Mayfair, iniziò a percorrere lentamente tutto il perimetro dello stanzone. Poi ispezionò gli infissi dei finestroni. Infine, carponi, esaminò palmo a palmo il pavimento. Niente. Niente di niente. Si sedette a terra in un angolo. Appoggiò le braccia alle ginocchia ripiegate e si obbligò a riflettere.

Possibile che quella strega l'avesse mandato a finire in un *cul de sac*? Perché l'aveva fatto andare fin lì? Una falsa pista? Non poteva stare a rimuginare aspettando chissà cosa e si rialzò con l'idea di fare un'ispezione a tutto il resto del piano.

Incamminandosi verso l'uscita, udì lo scatto della serratura della porta. Attese di veder finalmente apparire qualcuno ma l'uscio restò chiuso. Con un balzo raggiunse la porta e provò ad aprirla. Era sbarrata come una cassaforte, porcogiuda. Carlo iniziò a picchiare i pugni sullo stipite e a gridare. «Ehi! Mi avete chiuso dentro! Aprite questa benedetta porta!»

Nessun cenno di risposta, nessun rumore di passi. Nulla. Tonolli lasciò cadere le braccia lungo i fianchi, rassegnato.

No. Era chiaro. Non sarebbe venuto nessuno ad aprire. Avrebbe dovuto spremersi il cervello per liberarsi da solo. Si avvicinò di nuovo alle vetrate. Le finestre non si potevano aprire per la mancanza di maniglie e le pareti esterne del *building* non avevano appigli nemmeno per un esperto di *free climbing*.

Imprigionato. Era imprigionato lì. Ma possibile che nessun operaio passasse davanti a quella porta? Ormai dovevano essere rientrati tutti dalla pausa.

Come unica risposta ai suoi pensieri, nel silenzio totale dello stanzone, Carlo udì un *tac* ai piedi di una colonna alle sue spalle. Si voltò e vide che un punto del pavimento sembrava leggermente rialzato. Si avvicinò e s'inginocchiò. Sì. Incredibile: in quella precisa posizione si scorgeva l'apertura quadrata di una grande botola. La sollevò con tutt'e due le mani e gli apparve una sorta di grande tromba d'ascensore malamente illuminata, con una scala a pioli ripidissima della quale non era possibile individuare la fine.

32

*"CASO BONELLI: PRESTO LA SOLUZIONE.*
*APPUNTAMENTO CON L'ASSASSINA*
*Confermati i sospetti della scomparsa di Maria Grazia*
*Bonelli, Mayfair insegue le tracce di un'assassina,*
*probabile indiziata del rapimento della nobildonna*

*Un vero e proprio appuntamento, quello che una*
*sconosciuta assassina mi ha proposto attraverso una*
*sorta di 'caccia al tesoro' di indizi e messaggi. Sto per*
*incontrarmi con lei e non so quando e se potrò*
*rimettermi in contatto con il giornale. Posso soltanto*
*dire che mi devo trovare fra meno di mezz'ora a*
*quest'indirizzo di New York..."*

Viani distese sul piano davanti a sé la prima copia della
*Tribuna* che sarebbe stata in edicola il mattino seguente.
Osservò la colonna in prima pagina con l'articolo breve
ma esaustivo di Tonolli. Lo rilesse e constatò che, come
al solito, lasciava soltanto intendere la quantità di
sospetti e prove in possesso del giornalista che legava il
caso Bonelli a quello del Franzetti in Italia e a quello del
Carli a New York (finora ignoti ai lettori della *Tribuna*).
E, alla fine, si appellava a chiunque avesse potuto fornire
qualunque notizia riguardo i personaggi descritti nel
pezzo.
Viani non temeva di doverne rendere conto alla polizia
perché nemmeno lui stesso poteva immaginare a che
punto di coinvolgimento si trovasse Carlo. Più che altro

era preoccupato per il suo amico. Dov'era finito? Oltretutto l'eco del suo articolo in uscita sulla *Tribuna* e sul *New York Times* sarebbe sicuramente rimbalzato nei telegiornali italiani e americani. La vicenda del giornalista scomparso a New York all'inseguimento di un'assassina fra poche ore sarebbe stata sulla bocca di tutti. Non ci voleva molta immaginazione a prevederlo. Viani aveva aumentato la tiratura di quel numero della *Tribuna* del 200%, ma ne aveva già prevista la ristampa per un'edizione speciale della sera, dove oltre a rispondere alle innumerevoli domande dei lettori, avrebbe probabilmente dovuto confermare che da New York, purtroppo, non c'era nessuna novità.

33

Nella camera 614 del Michelangelo il senso d'angoscia di Ghezzi e Bamboo era quasi palpabile. Russell li aveva lasciati da più di due ore e nessuno dei due aveva detto una parola da quando avevano capito che di Tonolli sarebbe stato difficile avere notizie presto.
Ghezzi, di punto in bianco, espresse a voce alta il pensiero assillante di ambedue. «Che facciamo?»
Seduta sul letto di Carlo, con Mayfair stretta fra le braccia, Bamboo era avvilita, annientata e non rispose.
«Forse ci conviene ripercorrere gli ultimi passi del nostro amico», continuò il commissario avvicinandosi alla scrivania. «Mi aveva detto di aver contattato Anita Carli, la figlia di Maria Grazia Bonelli... a pensarci bene, forse anche quel Tinelli avrebbe potuto aiutarci. Venga qui Bamboo, mi dia una mano a cercare l'agenda o gli appunti di Tonolli.»
Sempre in silenzio, la ragazza depose la cagnolina a terra e raggiunse il commissario. Accostarono due sedie alla scrivania, sedettero vicini e iniziarono a vagliare gli oggetti, i fogli, i giornali e i blocchetti sparsi sul tavolo e nei cassetti. Immersi nella loro ricerca, non si accorsero che Mayfair aveva raggiunto la porta e s'era accucciata in attesa, pronta a scattare fuori dal primo spiraglio.
Per la prima volta nelle ultime ore, gli occhi di Bamboo si illuminarono di speranza. «*Voilà*! Guardi qui, commissario. Su questa agenda. Questo è l'indirizzo del Traversi e qui c'è il numero di telefono della Carli. Telefoniamole subito.» Ghezzi le rimandò un cenno di

vittoria e afferrò la cornetta del telefono. Stava per comporre il numero quando udirono suonare il campanello della porta.

«Sarà la polizia?» sussurrò lui occhieggiando l'orologio.

«E' molto probabile...» bisbigliò lei.

Si accordarono soltanto con uno sguardo e nascosero, velocissimi, fogli, ritagli e notes dentro l'immancabile cartella nera di Ghezzi.

Fu Bamboo ad aprire a Kevin Monroe, il biondo ispettore del distretto di Park Avenue, accompagnato da un *policeman*, ancora più alto e palestrato di lui.

Pur avendo supposto che si potesse trattare della polizia, Bamboo ebbe un attimo di smarrimento che permise a Mayfair di sgattaiolare fuori dalla camera e rifugiarsi sotto la consolle in corridoio. Immediatamente dopo la porta si richiuse.

34

Carlo non perse tempo a pensare. Doveva calarsi da quella scala. Non aveva scelta. Per fortuna indossava il loden le cui tasche erano un vero e proprio ripostiglio di arnesi che avrebbero potuto essergli utili. Prima di scendere controllò tutto: un Victorinox, il tipico coltello multiuso dell'esercito svizzero, con lame, forbici, lime, apriscatole. Una piccola pila americana a stilo. Un guanto in lattice, un notes, una Bic blu. Ok. Poteva andare.

La scala era ripida, ma la distanza fra un piolo e l'altro abbastanza agevole. Per vincere il senso di vertigine, s'impose di non guardare l'orrido in basso e d'impegnare l'attenzione contando gli scalini.

Stava per superare il ventesimo, quando la botola sopra di lui si aprì e dopo un attimo Tonolli vide cadere nel vuoto, a pochi centimetri da sé, il corpo senza vita dell'operaio di colore con cui aveva parlato all'ingresso.

Subito dopo il pavimento si richiuse con un tonfo sordo.

Agghiacciante. Carlo si rese conto che ora il percorso sarebbe stato inevitabilmente un senso unico che soltanto la sua avversaria conosceva. Con sgomento, riprese a scendere, costringendosi a lottare contro il panico, ma la sua schiena era coperta di sudore gelato e le sue dita attanagliate alla scala iniziavano già a dolere.

Giù. Ancora giù. Al cinquantesimo scalino inciampò in un lembo del loden e per miracolo non perse l'appiglio delle mani.

Imprecò a voce alta. «Non ce la farò mai a scendere

dodici piani in questo modo, porcogiuda». Si fermò per un istante e osservò le pareti attorno a lui. Erano lisce come carta oleata: non un varco, né una porta, né un cornicione. I suoi polsi iniziarono a tremare più per il terrore che per lo sforzo. Valutò se fosse il caso di fermarsi qualche minuto, ma cambiò subito idea: se non avesse proseguito, ben presto il suo sguardo sarebbe stato calamitato in basso, ne era certo, e sarebbe stata la sua fine.

Non doveva pensare a nulla, doveva continuare a scendere. Ricominciò mentalmente a contare gli scalini: 100... 123... 138... A un tratto, a un metro e mezzo circa alla sua sinistra, notò nel muro un'apertura rettangolare. Sembrava una grande nicchia con una ringhiera bassa in ferro. In un secondo Carlo capì che avrebbe dovuto raggiungere quel varco. Se si fosse rivelato un vicolo cieco gli sarebbe almeno servito per riposare. Era sfinito e si concentrò qualche minuto per sfruttare al massimo la forza che gli era rimasta. Poi si decise. Allungò la gamba sinistra... Doveva stirarsi, stirarsi ancora di più... mancava solo qualche centimetro. Ce la poteva fare. Ecco, il piede era già dentro. Mollò la scala con la mano sinistra e si afferrò soltanto con la destra. Ora si trovava esattamente a metà e con la mano libera vagava sulla parete liscia alla ricerca di una presa. Niente da fare.

Studiò meglio il varco stringendo gli occhi nella penombra e si appellò di nuovo alla propria capacità di autocontrollo. La luce era fioca ma sufficiente per fargli individuare un maniglione interno. Con un pericolosissimo slancio del tronco, Carlo lo afferrò e dopo pochi, terribili secondi di sospensione nel vuoto, si catapultò nel varco. Quando finalmente si ritrovò all'interno, se ne restò così, accartocciato su se stesso nell'oscurità, con il respiro in affanno e la testa che gli scoppiava.

Mayfair non s'era mossa dall'angolo della consolle, anche perché i sensi non le stavano comunicando nulla d'interessante. L'unica sensazione forte era la sicurezza del distacco da Carlo. Carlo non era lì. Anche se le sue sensibilissime narici potevano percepirne l'odore fra gli altri che aleggiavano nel corridoio, Mayfair *sentiva* che lui era lontano.

Quando sopraggiunse Wendy per il giro del pomeriggio, Mayfair si rincantucciò ancora di più per non farsi vedere, e attese.

Fischiettando, la ragazza suonò alla 614 e si annunciò. «*Housekeeping!*»

Dall'interno la voce di Bamboo le chiese di ripassare. La ragazza si volse alla 615 e, dal momento che il suo annuncio non ebbe risposta, spalancò la porta ed entrò.

Mayfair la seguì felpata come un gattino e si nascose sotto il grande letto matrimoniale. Riconobbe quel locale dove percepiva qualcosa di negativo, di già provato, ma inequivocabilmente legato a Carlo, e il suo cervello tentò d'incasellare sensazioni e odori con altri ricordi di voci e ambienti. Ma poi tutto le si mischiò in quadri astratti, senza né capo né coda.

Dopotutto lei era un cane di nemmeno un anno di vita e le sue capacità di ragionamento erano soltanto abbozzate. Dunque, per ora, poteva contare unicamente sul suo istinto per seguire la pulsione irresistibile di ritrovare Carlo. E in quel momento *sapeva* di dover aspettare lì, in quella stanza, per rivederlo.

Ghezzi e Bamboo si stavano arrampicando sui vetri per dimostrare a Monroe che di Tonolli e della sua indagine sapevano poco o niente.

Ma il cow boy non intendeva mollare.

«Come ho già detto, Sandro Tinelli del *New York Times* ci ha trasmesso una copia dell'articolo di Tonolli che uscirà domattina. In questo pezzo è chiaro che il vostro amico è molto coinvolto da fatti di esclusiva pertinenza della polizia, di qualunque stato sia. Non solo: ora Tonolli è pure scomparso con i suoi segreti e rischia la pelle. E' giusto, secondo voi, pagare un prezzo tanto alto per far parlare di sé? L'indirizzo che indica nell'articolo è già stato ispezionato e vi posso dire che è una strada senza sbocco. Nessuno dei presenti- tutti operai, perché il building attualmente è in ristrutturazione- dice di averlo visto. Quindi, dovrebbe ormai esservi chiaro che per noi è assolutamente necessario conoscere tutto il possibile per capirne di più. Qualunque cosa sappiate *dovete* dirla. Il tempo stringe, soprattutto per lui.»

«Ma ispettore, noi non sappiamo proprio nulla! E' per questo motivo che ci troviamo qui: siamo preoccupati per lui!» gli rispose Bamboo affranta.

«E' quello che afferma anche il Tinelli. Per questo ci ha mandato l'articolo prima di pubblicarlo. Ora per favore, fatevi da parte che dobbiamo perquisire la stanza. Immagino che anche voi abbiate cercato qualche indizio, appunto o altro, e immagino anche che non abbiate trovato nulla. O sbaglio?» domandò Monroe con aria ironica.

Bamboo annuì con un cenno del capo e Ghezzi la imitò anche se non capiva una parola di quello che diceva l'americano. Ma era meglio così. Bamboo era ancora meno informata dei fatti di lui. Ne avevano parlato, ma fortunatamente non nel dettaglio come si erano ripromessi di fare in aereo, visto che lui aveva dormito tutto il tempo del volo.

Nell'ora che seguì, la 614 fu rigirata come un calzino ma tutto quello che regalò a Monroe fu un ritaglio del *New York Times* sul caso Carli, che era sfuggito al commissario e a Bamboo.

Il cow boy apostrofò di nuovo la ragazza. «Di fianco a questa foto c'è un appunto di Tonolli. Che significa?»

Bamboo prese la pagina, la guardò e subito dovette tapparsi la bocca con la mano per soffocare un grido. «Oh no!». Oltre all'articolo, vi appariva la fotografia di un cane circoscritta a pennarello da Carlo con la scritta *"Mayfair"*.

In effetti quel cane *era* Mayfair. Solo allora Bamboo si rese conto di non aver più fatto caso alla cagnolina e la cercò con gli occhi in tutta la stanza. Non vedendola iniziò a chiamarla concitatamente, poi, sotto gli occhi sbigottiti di tutti, controllò ovunque, in bagno, nell'armadio, sotto il letto. Aprì la porta e gridò il suo nome. Niente. Annientata dall'angoscia, ebbe la sensazione che qualcosa le scoppiasse nel petto. «Mi può dare una spiegazione? Che sta facendo?» chiese Monroe, dietro le sue spalle.

«Tonolli ha un cane… Sì, il cane della foto è il cane di Carlo e ora non c'è più.»

«Non c'è più *dove*?» domandò sempre più stupefatto

l'americano.

«Oh, lei non può capire! Poco fa era in camera.»

«Ma non può essersi volatilizzato, si calmi. Più che altro vorrei capire che nesso può esserci fra il cane di Tonolli e l'omicidio Carli. Quella foto è stata trovata nella scatola di cioccolatini avvelenati.»

«A me invece, ora, interessa ritrovare il cane!»

«Lo ritroveremo, vedrà. Dev'essere uscito dalla camera mentre siamo entrati noi. Sarà in giro per l'albergo. Ora avvisiamo tutti. La prego, si calmi.»

Bamboo si girò verso Ghezzi, gli si gettò fra le braccia e finalmente riuscì a piangere.

36

Il suo Rolex segnava le sei e mezza del pomeriggio. Erano già trascorse più di tre ore dal suo arrivo al loft 7b. Carlo era avvolto nel buio semitotale del varco dov'era rimasto accoccolato per almeno mezz'ora. Ora s'era messo a sedere e per guardare l'orologio aveva utilizzato la piccola maglite che fortunatamente non aveva perduto nella discesa. Diede un'occhiata attorno a sé e subito intuì che da quel passaggio sarebbe giunto in un altro locale del *building*. Doveva trattarsi di un tunnel di raccordo con il grande cavedio interno da dove lui proveniva, probabile sede di un futuro montacarichi.

Era alto soltanto poco più di un metro e lo percorse piegato in quattro. Dopo una decina di metri si ritrovò davanti a una porta. La aprì senza alcuna difficoltà e si trovò in un ambiente piccolo, senza finestre, vuoto, fatta eccezione di una vecchia sedia di legno piazzata in un angolo. La stanza era scarsamente illuminata da una lampadina appesa a un cavo al centro del soffitto.

Quando Tonolli entrò, notò subito le due fotografie attaccate con lo scotch sulla porta della parete opposta. Si avvicinò e le esaminò.

La prima corrispondeva alla 'firma' dell'assassina perché immortalava Mayfair nel carrello di un supermercato. Doveva essere stata scattata a Milano mentre la Tilde non se ne accorgeva. Era un'abitudine della sua governante portare la cagnolina con sé quando faceva la spesa, e Mayfair era diventata la mascotte di clienti e commessi.

Nella seconda ecco di nuovo la donna anziana di spalle, di sicuro la Bonelli, legata in un interno a una sedia del tutto simile a quella della stanza dove si trovava lui.

Carlo staccò le due fotografie e le girò. Sorpresa: non vi appariva alcuna scritta. Quindi? si chiese. Avrebbe dovuto aspettare lì o cos'altro? Decise di perlustrare il locale. Spinse la porta, che si spalancò in un bagno angusto, sempre senza finestre. Sulla parete sinistra c'era un'altra porta. Provò ad aprire anche quella.

Chiusa.

Ok. Ne dedusse che avrebbe dovuto aspettare. Per quanto tempo? Un'ora? Tutta la notte? Il gioco si stava facendo pesante, oltre che diabolico. Se non si fosse dato una mossa (ma in che modo?) probabilmente la prossima fotografia avrebbe ritratto la Bonelli morta. Chissà cosa stava passando quella sventurata. E soprattutto, perché? Quale poteva essere il movente di tutta quella faccenda? L'eredità? Chi poteva sapere qualcosa del suo testamento? La figlia? La Pezzi? La povera Giovanna ormai era fuori gioco.

Aprì il rubinetto sudicio del lavabo e si sciacquò il viso. La testa gli faceva ancora male, ma peggio ancora era l'ansia per l'incertezza delle prossime ore. Una consolazione però l'aveva: Mayfair era in salvo. Per fortuna era riuscito a rimandarla in albergo. A quest'ora, certamente, era già al sicuro con Ghezzi.

37

«Complimenti direttore! Questa volta siamo riusciti a far parlare di noi quasi tutto il mondo.»
La voce di Piero Sacchi, editore della *Tribuna,* tuonava nell'orecchio di Viani tutta la sua soddisfazione.
«Ha ascoltato i giornali radio e tv della mattina? Ha notato la gente assiepata alle edicole che si strappa di mano le copie del *mio* giornale? Appena arrivato in ufficio ho ricevuto la telefonata del direttore del *Corriere* che mi chiedeva la possibilità di pubblicare i pezzi di Tonolli in contemporanea alla *Tribuna*. Ovviamente ho detto di no perché siamo già in *partnership* con il *New York Times.* Insomma, non so che dirle. Sono alle stelle!»
«Beato lei. Io sono qui in attesa della polizia che fra poco inizierà a torchiarmi, in più Tonolli non dà segno di vita da ventiquattr'ore», replicò costernato il giornalista.
«Oh, per carità! Speriamo che non gli accada nulla. Come faremmo ora senza di lui?» Il tipico cinismo da editore, pensò Viani. «Per quanto riguarda la polizia le posso dire che sono già stato chiamato dal Questore. Io ho dichiarato la verità, e cioè di essere all'oscuro di tutto. Da parte sua, faccia lo stesso. Cerchi di glissare. In fondo anche lei ne sa ben poco, e se per caso dovessimo subire un'azione legale… be', faremo tutto il possibile per arginarne le conseguenze.»
Quello che a Viani suonava storto era soprattutto l'utilizzo del plurale da parte del Sacchi. Ma naturalmente se lo tenne per sé.

«Mi tenga informato, mi raccomando, si muova in totale autonomia e stia sereno. Ho già predisposto un extra budget per il giornale e un congruo aumento di stipendio per lei!»
Nemmeno quella notizia riuscì a inorgoglire il giornalista: in prima linea c'era quel pazzo di Tonolli. E chissà dove.

38

«Senta Bamboo, io vado dalla Carli. Non possiamo stare qui in due con le mani in mano. Se vuole telefonare usi il suo cellulare: l'apparecchio di questa camera è certamente controllato.» Ghezzi non era più in grado di sprecare un minuto di più in un'attesa inutile. Con Bamboo avevano deciso di non muoversi dalla stanza di Carlo né dal Michelangelo, in attesa del ritrovamento di Mayfair. Tutti i dipendenti erano stati avvisati della scomparsa del cane, quindi ogni ingresso dell'albergo era controllato. La cagnolina non poteva essere uscita dall'edificio. Loro stessi avevano setacciato l'hotel piano per piano, avevano interrogato clienti e domestiche, l'avevano cercata persino nelle cucine del "Limoncello", dietro il bancone del bar, sotto qualunque divano o sedia, negli ascensori, nelle pattumiere e nei contenitori della lavanderia. Niente da fare.

Bamboo rispose con un cenno del capo. Non riusciva proprio a parlare senza piangere. Alla disperazione di aver perduto ogni traccia di Carlo e all'angoscia per la scomparsa del suo cane, si sommava un'orribile sensazione d'impotenza. Le sembrava di essere un insetto intrappolato in una tela di ragno e non capiva come e quando avrebbero potuto rivedere uno spiraglio di luce.

Qualche istante più tardi, Ghezzi uscì dall'albergo, miracolosamente non visto dalla coppia di agenti di guardia al *bureau*, impegnati a controllare la stampata di fax e telefonate della 614.

Raggiunto in taxi lo stabile della Carli, il commissario si annunciò al portiere come un poliziotto, amico di Tonolli. Quando uscì dall'ascensore, trovò Anita Carli già in ansiosa attesa.

«Ma che è successo a Tonolli? L'altra sera gli ho lasciato un messaggio sul cellulare ma non mi ha più richiamata», gli domandò la donna.

Ghezzi le spiegò i fatti, badando bene di non entrar troppo nei dettagli e poi concluse: «...insomma, il mio amico è convinto che sua madre sia stata rapita dal suo sconosciuto persecutore.»

«No no. Mia madre non è scomparsa. Io la sento quasi tutti i giorni. Delle minacce che ha denunciato alla *Tribuna* io non ne sapevo nulla prima che Tonolli me ne parlasse. Le ho chiesto chiarimenti e lei mi ha confermato tutto, dicendo che non me ne aveva mai parlato per timore di turbarmi o di mettermi in pericolo. Adesso so che è ospite all'estero di una sua amica, ma non mi ha detto chi sia. Non vuole dirlo a nessuno, nemmeno a me. E' terrorizzata, soprattutto dopo il suicidio di Giovanna.»

«Sa che sua madre dice di conoscere l'identità della persona che la minaccia?»

«Sì, lo so. Ma anche di questo non mi vuole dire nulla. Insiste che per me sarebbe troppo rischioso.»

«Con Giovanna però si era confidata», continuò Ghezzi.

«Purtroppo sì, come abbiamo visto. E ora Tonolli dove sarà? Avrà scoperto qualcosa?»

«Non ne so nulla, signora. Sono venuto qui per questo, con la speranza che, parlando con lei, mi si apra qualche spiraglio. So soltanto che Carlo a New York ha incontrato lei e Annamaria Pezzi.»

«Questo è proprio un mistero. Anche a me ha detto di aver visto Annamaria a casa di mia madre. Eppure, io stessa l'ho cercata più volte e non l'ho mai trovata, né qui né in Italia. Non solo: sono stata contattata dall'impresa che sta ristrutturando un *building* a Downtown che abbiamo venduto l'anno scorso a una società immobiliare. I nuovi proprietari mi hanno chiesto le vecchie mappe dello stabile perché gli ingegneri dell'azienda si sono imbattuti in varie difficoltà con l'impianto di climatizzazione. Anche loro, su suggerimento di mia madre, avevano tentato invano di contattare Annamaria che, quando mia madre si trova a Milano, vive qui, in casa sua, e ha accesso ai suoi documenti.»

Ghezzi si illuminò: «Mi può dare l'indirizzo di questo stabile?»

«Certo.» La Carli si avvicinò a un tavolino, staccò un foglietto da un blocco di fianco al telefono, vi annotò l'indirizzo e lo porse al commissario.

Colpito e affondato. L'indirizzo era il medesimo segnalato nell'articolo di Tonolli.

«Che funzione aveva questo *building* in passato?» domandò Ghezzi cauto.

«Ospitava una vecchia azienda di macelleria di mio nonno. E' inutilizzato da molti anni.»

«E avete poi trovato le vecchie piantine?»

«No. Sicuramente sono a casa di mia madre ma io non ho ancora trovato il tempo di andare a cercarle. Da quando è morto mio marito sto male e ho avuto mille problemi.» Imbarazzata, Anita Carli abbassò lo sguardo alle mani intrecciate in grembo.

Quando rialzò il viso, i suoi occhi erano arrossati dal pianto. «Sto lottando per salvare l'immagine di mio marito. E' stata infangata da ignobili pettegolezzi», disse.

Il commissario non volle approfondire. Aveva fretta di concludere quel colloquio. «Signora Carli, anch'io ho assoluto bisogno di quelle mappe. Tonolli, nel suo ultimo articolo, afferma che avrebbe avuto un appuntamento *pericoloso* proprio a quell'indirizzo. Un appuntamento fondamentale per la soluzione del mistero legato alle minacce denunciate da sua madre. Potrei cercare io quei documenti.»

«Non so... io non la conosco.» La donna sembrava incerta.

«Signora Carli, lei *deve* fidarsi di me. Sua madre potrebbe essere in serio pericolo, esattamente come il mio amico Tonolli.»

La 615 si animò verso mezzanotte, con l'ingresso fugace e silenzioso di una persona. Mayfair era ancora in attesa. In tutte quelle ore il sonno non aveva sopraffatto la sua agitazione e le orecchie le si rizzarono attente. Non si mosse dalla sua postazione sotto il letto, né emise alcun verso. La luce sul comodino si accese e il passo felpato della visitatrice si avviò verso il bagno. Il cane riconobbe subito quel passo e tremò. Annusò l'aria. Quell'odore ritornava alla sua mente in ondate dal passato recente ma tutto ciò che le riuscì di ottenere dal suo giovane cervello era la rievocazione dell'immagine di Carlo. Fine. Lei e Carlo avevano avvicinato quella persona, ma il suo abbozzo di ragionamento finiva lì.

Dopo una decina di minuti, la donna uscì dal bagno, aprì l'armadio a muro e ne estrasse una sacca di nylon. La pose sul letto e iniziò a riempirla. Due pezzi di catena con lucchetto, un rotolo di scotch industriale argentato, una matassa di corda, alcuni stracci. Si avvicinò al comò e dal primo cassetto prese una vecchia pochette in pelle marrone. Aprì la zip e controllò che fiale e siringhe fossero ordinatamente allineate. Soddisfatta, la richiuse e la sistemò nella sacca insieme con un fascicolo rilegato di fogli scritti a mano e ritagli di giornale.

Nonostante sentisse l'adrenalina alle stelle, era stanca, doveva riconoscerlo. Pur conoscendo alla perfezione lo stabile al Meat Market (e ciò presupponeva il massimo risultato con il minimo sforzo da parte sua), la tensione nervosa degli ultimi avvenimenti l'aveva spossata.

S'infilò nel letto, impostò la sveglia alle sei del mattino, spense l'*abat-jour* e assaporò con sollievo le prossime ore di riposo.

Mayfair attese di udire il respiro della donna farsi regolare per sgattaiolare da sotto il letto con l'intenzione di andare ad annusare la sacca abbandonata davanti all'ingresso. Prima però, sfruttando il fascio di luce proveniente dalla fessura sotto la porta, da cane discreto qual era, non poté fare a meno di espletare i suoi bisogni sotto la scrivania, sopra un quotidiano dimenticato per terra. Dopodiché, procedette all'indagine della borsa. Somigliava un po' al suo trasportino, solo in un tessuto più leggero, per questo le fu un po' più difficile entrarvi. Annusò gli oggetti che conteneva. Di Carlo non c'era la minima traccia e Mayfair si rattristò. Cercando conforto e riparo fra gli stracci, si accucciò sul fondo e dopo pochi minuti cedette al sonno.


Buttò l'occhio all'orologio e si rassegnò. L'una e mezza di notte. Molto probabilmente nessuno sarebbe venuto in quella stanza prima di  altre cinque ore. Ormai conosceva ogni centimetro quadrato della sua prigione e poteva affermare con certezza che vie di fuga non ce n'erano. Era blindato in una stanza senza finestre e un'intensa sensazione di claustrofobia gli stava accorciando il respiro. Non avrebbe potuto dormire né rilassarsi per affrontare il suo prossimo futuro. Ma quale futuro? E se nessuno fosse più venuto? Se l'intenzione dell'assassina fosse stata quella di abbandonarlo lì a fare la fine del topo in trappola? Carlo sentì l'ansia stringergli il collo come una garrotta. Che senso aveva tutto questo? Non poteva far altro che aspettare, e ancora aspettare, porcogiuda.


La sveglia trillò alle sei precise e Mayfair rizzò le orecchie. La donna impiegò meno di un quarto d'ora per lavarsi e vestirsi, poi afferrò la sacca, chiuse la zip centrale e uscì svelta nel corridoio ancora fiocamente illuminato per la notte.
Annebbiata dai suoi efferati propositi, non fece per nulla caso al peso della borsa, decisamente superiore a quello della sera prima.

40

A villa Guanzani regnava una quiete innaturale. Anche i gatti persiani sembravano cupi e riflessivi, forse a causa del malumore della loro padrona. Se ne stavano tutti e quattro riuniti a mucchio dentro un grosso cesto ovale nella veranda, osservando con occhi tondi e fissi Lucia Guanzani seduta nella grande poltrona di vimini.

Davanti a lei, Giovanni Viani non tentò nemmeno di trovare una scusa valida al suo senso di colpa. «Non dovevo permettere a Tonolli di andare a New York», sussurrò.

«Non c'è nulla che lui voglia che sia possibile vietare a mio nipote. Non se ne faccia un cruccio, direttore. E' un testardo narcisista convinto di poter far fronte a qualunque ostacolo. In più, ultimamente, soffre della *sindrome del giustiziere*. Questo sì, forse si potrebbe imputare a lei, caro Viani. Allo spazio e alla libertà che Carlo ha la possibilità di sfruttare nel suo giornale. Al senso d'onnipotenza che lei riesce a infondergli.»

In quelle parole, Viani avvertì tutta la tristezza della donna che tentava di mascherare un sentimento molto più forte: il terrore che a Carlo fosse successo qualcosa di drammatico.

Dopo un leggero tocco alla porta, entrò Guidone, il maggiordomo, spingendo il carrello del tè. La nobildonna lo osservò preparare le tazze sul tavolino al suo fianco e si ritrovò a pensare a quell'uomo. Viveva con lei da più di trent'anni. Discreto, silenzioso, affidabile. Affezionato a lei e alla sua casa. A Carlo e ai

suoi gatti. Non la lasciava mai sola, nemmeno durante le vacanze. Ogni volta che tentava di spedirlo in ferie lui si ribellava. «Che vuole che vada a fare al mare o in montagna, Donna Lucia? Lei sarebbe costretta a trovarsi un sostituto e, mi permetta, io non sarei affatto tranquillo.»
Guidone era la persona che la conosceva di più, così, inaspettatamente, lo guardò e disse: «Che devo fare, Guido? Non sopporto di non saper niente di mio nipote.»
«Dovremmo andare a New York, contessa», rispose l'uomo sicuro.
Viani e Lucia Guanzani si scambiarono una breve occhiata. «Ma a far che cosa?» ribatté lei.
E Guidone, sempre più sicuro: «Non so. Qualcosa riusciremo a combinare. Ricorda il capodanno scorso?»
Pur senza alcuna ragione logica, era quello che la contessa voleva sentirsi dire.
«Ma certo!» Lucia Guanzani applaudì. «Si occupi lei, Guidone, di fissare tre posti sul primo volo di domani.»
«Tre posti, Donna Lucia?» Il maggiordomo era sconcertato.
«Sì. Tre posti in business class. Ha mai visto Manhattan, Guido?»
«Se è per questo, nemmeno io contessa ci sono mai stato», s'intromise Viani. Ma nessuno osò discutere la decisione di Donna Lucia.

41

Quando Carlo udì scattare la serratura della porta erano le sei e tre quarti. Non stava dormendo, era solo assopito, ma si sentiva stanco, con il cervello offuscato, come se avesse da poco attraversato a piedi il Sahara. Sdraiato sul pavimento, febbricitante, per un attimo non ricordò più dove si trovasse. Gli dolevano le ossa e la testa gli pulsava senza tregua. Aveva sete e anche fame. Durante quelle ore di reclusione, aveva indistintamente desiderato un letto, un bagno in mare, una passeggiata nel parco con Mayfair, una doccia fredda, una birra, un gelato al limone, un cielo pieno di stelle, uno spazio aperto, una vacanza ai Caraibi con Bamboo…

Bamboo… Quella mezza cinese l'aveva fregato. Si accorse di amarla, di amarla tanto. Lo ammise, almeno con se stesso, fregandosi gli occhi con le mani.

La luce fioca della lampadina si spense di colpo e lui poté soltanto intuire la sagoma della donna che, nell'ombra, gli si accostò.

Carlo annaspò nel buio, nel tentativo di alzarsi ma i suoi movimenti parevano filmati da una moviola. Gambe e braccia gli si erano anchilosati per lo sforzo della discesa nel cavedio. Quando fu in piedi, il potente fascio di una torcia elettrica lo colpì in pieno viso. Schermò lo sguardo con il dorso della mano e la intravide in controluce davanti a sé. Impugnava una pistola.

«Ora sei tutto mio. Siediti», gli ordinò lei in un sussurro sinistro.

Giocoforza, Carlo obbedì. La donna si chinò lentamente,

appoggiò la pila ai suoi piedi e, sempre puntandogli il revolver in faccia, sveltissima, gli piantò una siringa nella coscia attraverso i pantaloni.

Cosa gli aveva iniettato quella pazza? si chiese Tonolli con il cuore che pompava come uno stantuffo. Ma, quasi subito, le poche forze che gli erano rimaste lo abbandonarono e lui si accasciò a terra, incapace di alzare anche soltanto il dito mignolo.

«Non temere, mio eroe, è soltanto Valium. Un bel po' di Valium. Non è ancora il momento per te di andartene per sempre. Prima dobbiamo conoscerci.» Il sussurro si tramutò in una voce armoniosa... dove l'aveva già sentita? E quella risata stridula, sembrava venire dall'infinito.

Tonolli lasciò che quella donna gli legasse le mani ai piedi con due lunghe catene nel modo in cui immaginava fossero imprigionati i carcerati della Cayenna, mentre un solo pensiero lucido gli attraversava la mente. *Speriamo che non frughi nelle mie tasche...*

No. Lei non frugò. O non ci pensò o le mancò il tempo di pensarci perché fuggì quasi subito, abbandonando la sacca di nylon a mezzo metro dai suoi piedi.

Mayfair, in tutto quel tempo, era riuscita a stare calma, ma il suo cuore batteva all'impazzata e il respiro le si era fatto affannoso non appena aveva avvertito in quella stanza la presenza di Carlo. E quando udì la donna uscire e percepì lo scatto della porta, sgusciò dalla sacca e corse a cercare il viso di Carlo. La coda mozza vibrava di gioia e un flebile guaito accompagnava una sorta di danza gioiosa che le sue zampette non riuscivano a contenere. Leccò e rileccò più volte gli occhi chiusi e le guance del suo amico inerme. Gli grattò una mano incatenata finché udì finalmente la sua voce: «Mayfair... Ma che ci fai qui? Mio Dio, sto sognando...» Convinto davvero di sognare, Carlo si lasciò sopraffare dal farmaco che inesorabilmente gli fluiva nelle vene, e cadde in un torpore totale.

42

Per tutta la notte, Ghezzi e Bamboo non avevano mai lasciato la 614 se non per scendere, uno per volta, a mangiare qualcosa. E nemmeno erano riusciti a riposare, uno riverso sul divano e l'altra sul letto, completamente vestiti.

Alle prime luci del giorno, il commissario era schizzato fuori per raggiungere la villetta della Sessantatreesima con l'intenzione di cercare le famose mappe dell'edificio al Meat Market.

Verso le nove, Bamboo udì suonare il campanello e aprì a Wendy. La ragazza le si rivolse con aria mesta.

«Signora, avete ritrovato la cagnolina di mister Tonolli?»

«No. Purtroppo no.»

«Volevo segnalarle un fatto strano. Rassettando la camera di fronte alla vostra, la 615, ho trovato tracce di cane. Ma la cliente non possiede cani, capisce?»

Gli occhi di Bamboo si accesero di speranza. «Che tipo di tracce?»

«Mmmm... le solite. Pipì e altro e poi...» Prima di proseguire, la ragazza abbassò il viso e arrossì. «... e poi devo confessarle che proprio ieri mattina ho scoperto la piccola Mayfair in corridoio ma non ho detto nulla a mister Tonolli. Ho temuto che si arrabbiasse con me. Mi aveva tanto raccomandato di badare al suo cane.»

«Posso dare un'occhiata alla 615?» Bamboo fissava la ragazza intensamente tentando di non tradire la propria eccitazione.

«Oh no, Milady. Non è possibile senza il consenso

dell'ospite. Ho già controllato bene io: Mayfair non è lì.»
«Nemmeno… diciamo… per 100 dollari?» insinuò Bamboo.
Wendy s'illuminò. «Lo faccio soltanto per mister Tonolli, per l'affetto che ha per il suo cane, ma la prego, non lo dica a nessuno.»
«Anche lei, Wendy, non dica nulla, nemmeno alla polizia. Mi raccomando!»
Le due donne entrarono nella 615 e Wendy mostrò a Bamboo il quotidiano sotto la scrivania dove Mayfair aveva lasciato traccia della sua presenza. A colpo d'occhio la camera sembrava non avere nulla di diverso di quella di una qualunque altra persona e Bamboo si smontò. Per trovare qualche indizio, avrebbe dovuto perlustrarla a fondo e perquisirne ogni angolo. Tuttavia non poteva rischiare che la cameriera segnalasse a qualcuno la sua curiosità, così non le restò altro da fare che controllare dalla 614 i movimenti della 615.


Ghezzi varcò l'ingresso della villetta nella Sessantatreesima. Consegnandogli le chiavi, Anita Carli gli aveva spieganto che sua madre teneva tutti i documenti in un mobile-archivio dello studio al primo piano. Non avrebbe potuto sbagliare. Il commissario affrontò la rampa di scale e visitò le stanze finché non riconobbe lo studio e il vecchio mobile da biblioteca. Aprì tutti i cassetti e scoprì che le carte erano archiviate con precisione in ordine alfabetico, dentro buste in cartoncino rigido a scomparti.
Non gli ci volle molto a trovare ciò che cercava. Afferrò

la busta completa, richiuse i cassetti e lasciò la casa. Sarebbe tornato al Michelangelo per studiare foglio per foglio con l'aiuto di Bamboo.
Fermò un taxi sulla Lexington e verso mezzogiorno era già di ritorno all'hotel. Raggiunse la 614 dalla rampa di scale nell'ingresso per non farsi notare dai poliziotti alla *reception* e quando si ritrovò con Bamboo, lei gli riferì subito i fatti della mattina.
«Ci daremo il cambio allo spioncino della porta, per non perdere mai di vista il corridoio», decise Ghezzi. «Per ora continui lei. Io inizio a esaminare queste mappe.»

**43**

Tonolli rientrò pienamente in sé nelle prime ore del pomeriggio. L'effetto del calmante era scemato lasciando posto a sensazioni diametralmente opposte. Ansia e agitazione. Gli fu subito chiaro che, sdraiata al suo fianco con gli occhi fissi nei suoi e il muso appoggiato alla sua mano, c'era davvero Mayfair. Com'era arrivata fin lì? Cercò di far mente locale ai giorni precedenti e rammentò la foto della cagnolina scattata all'interno del Michelangelo sulla quale non aveva avuto ancora il tempo di riflettere. Faticando un po' a causa delle catene, se la sfilò dalla tasca posteriore dei pantaloni dov'era riposta insieme con tutte le altre. Nell'immagine a colori s'individuava, sfocato, il pavimento in moquette beige delle camere dell'albergo e nell'angolo inferiore destro si poteva riconoscere la punta di una scarpa femminile.

Ma quando aveva perso di vista Mayfair? Non riusciva davvero a ricostruirlo, eppure il cane *era* stato in una stanza diversa dalla sua.

Carlo sollevò Mayfair da terra e la guardò come se potesse essere in grado di dargli una spiegazione. Lei si limitò a leccargli il naso e a lui cadde subito lo sguardo alla differenza di colore del pelo da una guancia all'altra. Ma certo, ora ricordava... Quell'odore acido, il pelo imbrattato, la mèche più scura.

Mayfair era stata in visita a un altro ospite del Michelangelo e presumibilmente nella stessa camera dalla quale ora era giunta a lui.

La camera dell'assassina. Stabilito questo, gli restava però da chiarire un'altra incongruenza. La donna s'era accorta della presenza della cagnolina nella propria stanza perché ce l'aveva fotografata ma, di contro, non sapeva che Mayfair era arrivata fino al *building* dentro la sua borsa.

Dunque la spiegazione poteva essere una sola: Mayfair era entrata e uscita da quella camera più di una volta.

E fu su questa base che Carlo iniziò a costruire una flebile, rischiosissima, improbabile possibilità di sfruttare a suo favore questa scoperta.

Guardò Mayfair con aria colpevole e complice nello stesso tempo e cercò di sdrammatizzare a se stesso il guaio in cui si ritrovava. «Sei o non sei il mio primo assistente? O forse sei tu il capo e io il gregario?»

La prima cosa che avrebbe dovuto fare era comunque tentare di liberarsi dalle catene. Recuperò dalle tasche del loden il Victorinox e iniziò a lavorare sul primo lucchetto. La piccola serratura a combinazione sembrava inviolabile e, ben presto Carlo capì che quell'operazione gli avrebbe fatto perdere troppo tempo.

Per il momento preferì lasciar perdere e raggiunse il bagno con difficoltà, trascinando i piedi incatenati sul pavimento. Si sciacquò il viso con l'acqua gelida, fece bere Mayfair e ritornò nella stanza attigua. «Mettiamoci al lavoro, amica mia. Prima o poi, dobbiamo aspettarci il ritorno della nostra carceriera e non dobbiamo farci trovare impreparati.» Sedette sull'unica sedia e piegato in avanti, iniziò a ispezionare la sacca di nylon.

44

La donna era uscita di corsa dall'edificio e notò che all'angolo stava già svoltando verso di lei il camioncino degli operai dell'impresa di ristrutturazione. Controllò nella borsa la pochette con fiale e siringhe che aveva levato dalla sacca prima di lasciarla a Tonolli e sospirò di sollievo. Appena in tempo. Sapeva di dover approfittare delle ore del primo mattino e di quelle del tardo pomeriggio per non trovarsi a tu per tu con gli operai. Il rischio più grosso l'aveva corso il giorno prima, convocando Tonolli nella breve pausa di lavoro delle tre, quando non aveva previsto che nel *building* fosse rimasto quel manovale di colore...

Per un attimo pensò di rifugiarsi nella casa della Sessantatreesima ma a quest'ora la scomparsa del giornalista doveva essere stata denunciata e, verosimilmente, la polizia stava già ripercorrendo le sue tracce. Entrò da "Barnes&Nobles" in Lafayette street, la libreria fornita di tutti giornali del mondo, per verificare se ci fosse già qualche segnalazione del fatto. Si avvicinò alla bacheca dei quotidiani ed ebbe un colpo al cuore. In prima pagina il *New York Times* strillava a corpo massimo questo titolo:

*"SCOMPARE GIORNALISTA ITALIANO.*
*In esclusiva per noi il suo ultimo articolo, poco prima di incontrare un'assassina".*

A corredo delle colonne di testo, la fotografia di Carlo Tonolli. Con occhi avidi, la donna cercò anche *La Tribuna del Lario*. La trovò nascosta dietro tutti i più noti quotidiani italiani. Secondo colpo al cuore: in prima pagina, di nuovo, campeggiava il pezzo di Tonolli. E non era finita: *tutti* i giornali, riportavano la notizia, anche solo in trafiletto.

Maledizione, imprecò fra sé. Quell'uomo era davvero un'anguilla. Difficile togliergli la penna dalle mani. Ma la partita era già vinta, lei lo sapeva, e si tranquillizzò. Nessuno avrebbe mai potuto ritrovare Carlo Tonolli. Ora lui era nelle sue mani. Era stata ben attenta a eliminare le vecchie mappe dello stabile al Meat Market, che riportavano le tracce dei sotterranei segreti e degli sbocchi da un locale all'altro, diventati secondari nel tempo, ristrutturazione dopo ristrutturazione.


«Qui non c'è un bel niente di niente!» rombò nervoso il Ghezzi e gettò a terra la matita. Da più di due ore stava esaminando quelle carte con la pazienza di un certosino senza ricavarne altro all'infuori della certezza che al massimo risalivano ai tre anni precedenti.

«Scusi commissario, ma cosa sperava di trovarci?» gli sussurrò di rimando Bamboo senza staccare l'occhio dallo spioncino.

«E che ne so? Una traccia, un'idea, un'ispirazione. Sa che le dico? Io vado là.»

«No, non lo faccia. Può essere pericoloso... *attendez*! Alla 615 sta arrivando qualcuno. E' una donna... cosa devo fare?»

Con un balzo Ghezzi fu al suo fianco. «Apra, apra subito!»

La ragazza spalancò la porta proprio mentre una donna stava entrando nella 615. «Mi perdoni, Milady, ha visto per caso un piccolo cane? Uno Yorkshire», Bamboo le si rivolse in inglese.

La donna voltò lentamente il viso. Un viso magro, elegante e sorridente nel quale, come due elementi a se stanti vivi di vita propria, spiccavano gli occhi, color acquamarina. Due occhi di ghiaccio, pensò Bamboo.

«Un cane? No, mi dispiace. Perché me lo domanda? L'ha perduto?»

«Oh sì, purtroppo! Credo che se ne sia andato a spasso per l'hotel approfittando di un attimo di mia distrazione.»

«Stia tranquilla: è difficile che sia uscito dall'albergo. Comunque se lo vedo l'avviserò. Buonasera», concluse la donna asciutta.

«Che ne pensa commissario?» domandò Bamboo non appena si ritrovarono in camera.

«Niente. Non penso niente, anche perché non so cosa vi siete dette dal momento che parlavate in inglese. Ma, secondo lei, è americana questa donna?»

«Dalla proprietà del suo linguaggio sembrerebbe di sì. L'unico elemento che me lo farebbe dubitare sono i capelli così vistosamente tinti. Le donne americane, soprattutto quelle così eleganti, sono orgogliose di sfoggiare i loro capelli naturali, anche se bianchi e anche in giovane età. Ma questo è un piccolo dettaglio. E ora? Che si fa?»

«Gliel'ho già detto: io andrei a cercare Tonolli. Subito», rispose perentorio Ghezzi.

«E' rischioso, me lo sento. Semmai dovremmo avvertire la polizia.»

Per il momento, Ghezzi accontentò la ragazza, più che

altro per non assecondare la sua intenzione di chiedere aiuto alla polizia, ma non poteva evitare di sentirsi terribilmente frustrato e inutile.

45

Il fascicolo di ritagli e appunti che trovò nella sacca di nylon si rivelò una miniera di informazioni su vari casi insoluti di omicidio di transessuali per avvelenamento da ricina. Carlo capì che lei l'aveva lasciato perché lui lo consultasse, perché arrivasse a capire la sua vera identità. Ma chi aveva fatto una simile raccolta? L'assassina? Era tanto fuori di senno da fare di se stessa un'apoteosi?

Tonolli iniziò a studiarsi caso per caso con meticolosità. Non poteva fare altrimenti, nonostante non avesse la minima idea di quanto tempo avrebbe avuto a disposizione prima del ritorno della donna.

Dopo un'ora gli era già chiaro di trovarsi alle prese con una tipologia di serial killer piuttosto singolare. Prima di tutto, dal momento che era una donna, poteva con certezza stabilire che fosse il primo caso di serial killer al femminile attiva da almeno trent'anni.

Ricordò una sua inchiesta sulle caratteristiche degli assassini seriali. Aveva raccolto numerosi fatti accaduti nel mondo e, con un certo stupore, aveva notato che tutti i criminali erano di sesso maschile. Un amico psichiatra al quale aveva chiesto un parere, gli aveva confermato l'incredibile statistica con una spiegazione molto razionale: «E' piuttosto facile capire perché i serial killer sono quasi soltanto uomini. Questa patologia ha sempre origine da shock sessuali infantili che, coltivati nel subconscio maschile atavicamente meno legato a tabù e freni inibitori di quello femminile, dall'adolescenza in poi scatenano reazioni omicide a catena. Il più delle volte si tratta di omicidi efferati e sempre contro obiettivi della medesima tipologia.»

Detto questo, il medico s'era affrettato ad aggiungere che non si sarebbe affatto stupito di sentir presto parlare di casi di serial killer al femminile. «Nella rincorsa alla parità con l'uomo, oggi la donna ha conquistato totale libertà d'azione e d'espressione. E nella sua recente evoluzione psichica, come dell'uomo ha acquisito i lati migliori, così è ovvio che ne abbia incamerato anche i peggiori.» A questo proposito, lo psichiatra gli aveva portato l'esempio della violenza sessuale: «...fino a poco tempo fa si pensava che fosse esclusiva espressione maschile, ma oggi si riconosce anche da parte di soggetti femminili su maschi giovani.»

Sì, tutto possibile, osservò Tonolli fra sé, ma nel caso della sua serial killer l'inizio degli omicidi risaliva a decenni prima. Doveva trattarsi dell'antesignana delle donne 'liberate' dai tabù.

In quanto ai suoi omicidi, non si poteva dire che fossero cruenti. Erano assassinii puliti, senza sangue, senza tracce di violenza.

Mentre pensava, Carlo annotava la sintesi delle sue riflessioni, nella scaletta per l'articolo che intendeva scrivere appena possibile. Il sufosseo piano disperato prevedeva di tentare di inviarlo al Michelangelo attraverso Mayfair. Era più che rischioso, ma non poteva fare altro. Guardò la cagnolina ignara, teneramente accoccolata ai suoi piedi. Non sentiva fame, né sete, né paura: le bastava soltanto star lì con lui. Un brivido lo scosse ma si obbligò a proseguire il suo lavoro: nel fascicolo, insieme ai ritagli di giornale, erano raccolti appunti scritti a mano. Anche da questi ultimi Tonolli poté soltanto dedurre che l'assassina aveva ripetutamente ucciso transessuali utilizzando ricina.

Uffa! Con uno scatto di nervi, lanciò tutto lontano da sé e si prese la testa fra le mani. Mayfair si spaventò e si strinse ancora di più ai suoi piedi e Carlo l'accarezzò per rassicurarla.

Era troppo teso. Doveva staccare per un po' l'attenzione dai ritagli e guadagnare tempo, scrivendo l'articolo. Iniziò con foga a compilare foglietti e foglietti del suo notes, indicando i nomi delle vittime, descrivendo i casi più significativi, le date, i luoghi. Ma non arrivava a nulla. Si rese presto conto che stava girando intorno a una notizia che non c'era, porcogiuda. Perché l'unica notizia che avrebbe dovuto fornire nel pezzo era il nome dell'assassina.

Era intorpidito dalla posizione obbligata su quella maledetta sedia. Si alzò e sedette a terra, le spalle al muro, e subito Mayfair lo raggiunse e si accoccolò fra le sue gambe.

La sua mente non riusciva a trovar pace. Tornò e ritornò ossessivamente alle descrizioni dell'assassina del Franzetti e del Carli. Anziana, occhi azzurri, magra... All'improvviso fu certo di aver letto poco prima la stessa descrizione. Ma dove? Tornò alla sedia, raccolse da terra i fogli, li riordinò, li ripercorse con smania e, finalmente, trovò quello che cercava.

Era un semplice appunto scritto a mano che riuniva le descrizioni tratte da articoli di cronaca, di donne anziane, magre, con occhi azzurri presenti in qualche modo sui luoghi del delitto. A Vicenza: il commento di una conoscente della vittima al funerale. A Parigi: la persona che aveva scoperto il cadavere. A Torino, una testimone oculare. E così via.

Perché l'assassina si divertiva a infiltrarsi nei fatti? Perché evidentemente era sicura di essere al di sopra di ogni sospetto.

Tonolli considerò che quegli appunti dovevano essere stati redatti da una persona estranea ai fatti, da un osservatore esterno, perché se fossero stati opera dell'assassina, che bisogno ci sarebbe stato di elencare la sua presenza sui luoghi del delitto?

Quella terza persona poteva essere Fabio Traversi, si convinse infine Carlo. Un investigatore privato che, chissà perché, si era ritrovato a seguire il bandolo di quella lunga matassa.

Il quadro gli era sempre più chiaro. Ora non gli restava che porsi *la domanda*: chi, nella vicenda Bonelli, si poteva considerare al di sopra di ogni sospetto?

La risposta era retorica e venne da sé. Soltanto lei, Maria Grazia Bonelli.

Con un sorriso amaro, rievocò la fotografia della patente della donna che aveva ottenuto dalla Motorizzazione Civile per il suo primo articolo, e si diede del cretino. In quell'insulso primo piano ricordava un volto più pieno (ma quanti cambiano fisionomia semplicemente dimagrendo qualche chilo?), una pettinatura diversa, un rossetto scuro. Ma quel dettaglio non avrebbe dovuto passargli inosservato... quello sguardo chiarissimo, a dispetto dell'immagine in bianco e nero.

All'improvviso il puzzle si compose nella sua mente. Ogni pezzo combaciava... il suo iniziale sospetto sulla *presunta* Annamaria Pezzi, si basava non tanto sull'ambiguità della persona e sulle incongruenze dei suoi discorsi, ma soprattutto sul colore incredibile dei suoi occhi, citato anche da Sandra Fiocchi a Ghezzi nella descrizione dell'assassina del Franzetti.

Riafferrò trafelato la penna e riprese a scrivere il suo articolo, fino a concluderlo così: «*... infine, mentre l'assassina sta per tornare qui con l'intenzione di uccidermi, posso affermare con cognizione di causa di sapere chi è. Non so se uscirò vivo dall'antro in cui mi trovo, ma so di certo che Maria Grazia Bonelli sarà condannata da questo mio scritto.*»

Aggiunse al pezzo una nota per Ghezzi: «*Caro amico, spero che questo articolo giunga a lei, a maggior ragione perché significherebbe che Mayfair si salverà. Se ciò avverrà, lo mandi a Viani con preghiera di pubblicazione immediata. Spero di rivederla, ma in caso contrario lei sa cosa fare. E' stato un grande piacere lavorare con lei. CT*»

Controllò l'ora. Erano le quattro e dieci del pomeriggio. Nemmeno il suo stomaco l'aveva avvisato delle ore trascorse. Frugò nella sacca e prese uno straccio. Lo avvoltolò insieme all'articolo e lo legò, a mo' di bandana, attorno al collo di Mayfair. Poi prese in braccio la cagnolina. La strinse a sé e la baciò. Ancora una volta non gli restava altro che attendere.


«Ho deciso, agirò questa notte. Questo silenzio è insopportabile.» Ghezzi si alzò dalla poltroncina del salotto della 614 e si avvicinò al frigo alla ricerca di una bottiglia di acqua minerale.

Bamboo tentò di dissuaderlo. «Non è possibile agire senza il supporto della polizia, lo capisce? Cosa intende fare da solo, commissario?»

«Qualunque cosa, mia cara, qualunque cosa. Il desiderio di Tonolli è quello di ottenere uno *scoop* per il suo giornale e io, finché posso, intendo aiutarlo. Stiamo giocando con il fuoco, lo so, ma prendiamoci ancora qualche ora prima di chiamare i marines.»

«Allora, mi dica, cosa farà?»

«Andrò in quell'edificio e cercherò Tonolli. *So* che è là. Non l'avrebbe scritto e pubblicato.»

«Ciò significa che io verrò con lei.»

«No. Lei non si muoverà di qui. Deve essere la nostra base. Andare in due creerebbe dei sospetti. E poi, se Mayfair tornasse?»

«Oh, commissario! Ci sono mille persone che si potrebbero occupare della cagnolina, da Bertoni in poi, mentre di Carlo non sappiamo neppure se è vivo o morto», rispose Bamboo con apprensione.

46

Tonolli udì lo scatto della serratura appena in tempo per sistemare Mayfair nella borsa, fra gli stracci. «Ti prego, non ti muovere. Stai brava. Ti raggiungerò subito», le mormorò mentre lei, attenta e vigile, si accucciava in silenzio in fondo alla sacca e lui richiudeva la zip lasciandole un piccolo spiraglio per consentirle di respirare.

La donna entrò spavalda brandendo con la mano destra il revolver. Gli occhi algidi fendevano la penombra con un brillìo ambiguo, la mano sinistra reggeva una borsa.

Carlo, meccanicamente, controllò l'ora: le cinque e venti del pomeriggio.

«Buonasera, signora Bonelli. Che ha fatto? Dopo aver interpretato il ruolo di Annamaria Pezzi si è tinta i capelli? Ha fatto bene! Così la riconosco meglio: somiglia di più alla fotografia della sua vecchia patente», iniziò lui con un'occhiata ironica.

La donna rise con quel suo tono metallico: «Sapevo che ci sarebbe arrivato in fretta! Bisogna dire però che è stato molto aiutato da me e dal lavoro di anni del povero Traversi. D'altra parte, lei capisce, io non potevo svelarmi a una mezza calza come quell'uomo, soprattutto dopo aver conosciuto lei!»

«Chi è e dov'è la donna legata di spalle nell'ultima fotografia che mi ha mandato?» ribatté Tonolli ignorando la sua prosopopea.

«Calma, calma amico mio! Ma allora lei non ha capito nulla. Questo è solo l'inizio. Noi dobbiamo conoscerci, parlare. Io voglio dirle tutto di me prima di salutarla per il suo ultimo viaggio. A proposito: immagino che le dispiacerà non rivedere più il suo cane. Oltretutto la piccola Mayfair è scappata proprio questa mattina e non sarei in grado di portargliela qui. I suoi amici sono disperati, hanno chiesto anche a me se l'ho vista.»

Carlo finse sbalordimento sperando con tutto il cuore che la cagnolina, sentendo il proprio nome, non desse segno di sé.

«Quanto mi dispiace... mi sembra affranto. Vedrà che la ritroveranno, anche se per lei, caro Tonolli, sarà troppo tardi.»

«Cosa vuole da me?»

«Mi vuole davvero deludere? Immaginavo che lei fosse in grado di capire, ma forse mi sono sbagliata. Non le interessa conoscere la più diabolica intelligenza del secolo? Non le interessa sapere perché ho ucciso tutte quelle persone? Non le interessa constatare che non esistono delitti perfetti, ma assassini imprendibili, come me? Mi preceda. Ho deciso di darle un contentino.»

La Bonelli gli indicò la porta del bagno, la aprì con una chiave e lo fece passare davanti a lei. Entrarono in un ambiente buio. Sempre tenendolo sotto tiro, lei estrasse dalla borsa una pila, la accese e gli intimò di proseguire lungo un corridoio laterale. Carlo seguì il fascio di luce fin dentro un'altra stanza dove la donna spense la pila e accese la flebile lampadina centrale. Lo spazio era angusto e, in un angolo, legato a una sedia, giaceva il corpo senza vita della donna anziana ritratta di spalle nella fotografia ai docks.

«Ecco, Tonolli: questa *era* Annamaria Pezzi. Sia sincero:

sospettava di lei, non è vero?»

Carlo non volle concederle la soddisfazione di ammetterlo. Si chinò e osservò quel volto contratto, quel corpo sottile, quegli occhi sbarrati, neri come la notte. Non aveva mai visto quella persona. Si girò verso la sua carceriera senza dire una parola.

«Annamaria è stata importantissima per me. Amica, governante, dama di compagnia, da più di trent'anni. Nemmeno lei aveva capito nulla di me e del mio destino di angelo vendicatore. Finché, un giorno, ha scoperto le fiale. Ora di sicuro lei vorrà sapere come mi sono procurata la ricina», disquisì la donna interpretando lo sguardo interrogativo di Carlo. «E' una storia lunga e antica... Durante la guerra conobbi un tipo. Un poveraccio padre di cinque figli, con uno stipendio da fame. Lavorava in un laboratorio di ricerca e in quel periodo stavano studiando proprio il veleno derivato dall'olio di ricino, utilizzato già da allora per omicidi politici. Me lo raccontò più per stupidità che per ingenuità e io ne approfittai, soprattutto dopo aver saputo da lui che si tratta di una sostanza mortale, già in ridottissime dosi di prodotto. Ne barattai un certo quantitativo liofilizzato (pensi che ne possiedo ancora più che a sufficienza per tutto il resto della mia vita!) con pezzi di carne rubati dalla macelleria di mio padre, vestiti smessi dai miei fratelli e qualunque altra merce tanto di scarto per noi quanto indispensabile per lui. Ma come avrà capito, la mia fortuna è sempre stata determinata da emeriti idioti. Tornando ad Annamaria, dopo le fiale di ricina, scoprì il mio rapporto con Giovanna, mia complice forzata. Quella stupida s'è confidata con lei e, alla fine, l'hanno pagata in due, decretando il mio trionfo. Non si può fermare il destino. Anche se, sinceramente, non avrei avuto motivo di uccidere Annamaria se non avessi avuto bisogno di sostituirmi a lei per avere libero accesso alla villetta della Sessantatreesima e attirare lei, Tonolli...»

Tonolli s'intromise in quel delirante monologo: «Perché le sue vittime sono unicamente transessuali?»

«Buona domanda, mio caro. Ero molto piccola quando scoprii mio padre orribilmente vestito da donna fra le braccia del nostro autista...» la voce della donna si spezzò e quando riprese assunse un'intonazione inquietante, patologicamente infantile. «Mio padre. Il simbolo della virilità, l'uomo per me più affascinante della terra, con il rossetto e i tacchi a spillo che gemeva come una cortigiana. Lo odiai, desiderai con tutta me stessa di vederlo morto, di ucciderlo io stessa e con lui tutti quelli come lui che infangavano la mia poesia, la mia natura di figlia e di donna. E non bastava lui in famiglia. Anche mio genero, Mattia, ha nascosto per vent'anni la sua vera natura depravata, ha ingannato me e mia figlia. Due anni fa m'invitarono a pranzo. Cercando del sapone in una cassettiera del suo bagno, trovai quella roba... ciglia e unghie finte, parrucche, calze di seta, fotografie oscene... Ma avremo tempo di parlare di questo io e lei. Molto tempo.»

Le parole uscivano dalle sue labbra senza controllo. Con quella voce sconvolgente, da bimbetta lagnosa, così in contrasto con l'atteggiamento satanico del suo sguardo. E con quel revolver sempre puntato con determinazione alla testa di Carlo.

Tonolli era inebetito dalla follia di quella donna. Si sentiva annegare in tutte quelle farneticanti parole. Ormai faticava a seguire il suo sproloquio e iniziava ad accusare una certa nausea al cospetto del cadavere della poveretta stesa davanti a loro.

Nella sua testa frullava una sorta di orologio virtuale che gli indicava i tempi di pubblicazione del suo articolo. Se quella pazza fosse tornata in albergo entro un'ora e Mayfair fosse riuscita a raggiungere subito camera sua, considerato il fuso orario di sei ore d'anticipo, il pezzo avrebbe fatto in tempo a essere pubblicato per la mattina dopo. Ovviamente se Ghezzi fosse stato là in quel momento.

*Se se se...* troppi *se*. Era un progetto demenziale. Impossibile. Questa volta la sua vita era davvero legata al caso, appesa a un filo troppo sottile...

«Ma lei non mi sta più ascoltando!» La Bonelli interruppe i suoi pensieri. «E' stanco? Forse ha fame? Le ho portato un panino e una birra. Desidero che lei si tenga in forma, capisce?»

Lui non rispose e si lasciò ricondurre nella sua prigione, trascinando i piedi più per lo sconforto che per l'intralcio delle catene.

La donna richiuse a chiave la porta e trasse fuori dalla borsa un involto di carta stagnola e una lattina di Budweiser.

«Mi dispiace, non è troppo fresca... E stia tranquillo: non ho intenzione di avvelenarla per ora. C'è ancora tempo. Voglio che lei mi conosca bene.»

Carlo afferrò panino e lattina con la speranza che quella squilibrata se ne andasse, finalmente. I suoi occhi non riuscivano a staccarsi dalla sacca di nylon. L'avrebbe portata con sé? E se l'avesse lasciata lì? *Dio fa che la prenda...*

Sentì ardere il cervello come un falò e, improvvisamente, ebbe la chiara visione dell'assurdità della sua decisione.

Ma che stava facendo? E Mayfair? Che fine avrebbe fatto? Doveva essere impazzito: come aveva potuto architettare una simile follia? Sperò che la Bonelli abbandonasse la sacca... Lui avrebbe tentato di fuggire con il suo cane dalla scala per la quale era giunto fin lì.

Ma non fu così. L'assassina trasferì nella borsa di nylon la pila, l'astuccio con fiale e siringhe e il carteggio del Traversi.

«Questo non le è più necessario, vero?» gli domandò indicandogli la cartella con un cenno del capo. Lui non rispose.

«Ha perso la parola?» continuò lei sarcastica. «Troppe emozioni per oggi Tonolli? Me ne vado e la lascio alle sue riflessioni ma non prima di assicurarle una notte serena. Si prepari per domani!»

Ma invece di allontanarsi, la Bonelli gli si avvicinò. Con lo sguardo calamitato dalla canna del revolver che l'assassina gli stava puntando al viso, Tonolli non ebbe il tempo di reagire, quando lei svelta gli infilò un ago nella mano.

E già con la vista appannata, scorse Maria Grazia Bonelli afferrare la borsa di nylon nera e scomparire dietro la porta.

47

Alle diciotto e trenta di quello stesso giorno, nell'atrio del Michelangelo sembrava si fosse dato appuntamento il mondo intero. Vero è che si trattava di un venerdì, giornata di arrivi da ogni dove per il weekend nella Grande Mela. Con tutto ciò, James non riusciva a tener testa ai turisti impazienti di raggiungere le proprie camere perché la polizia, ormai in pianta stabile dietro al banco del *bureau*, da quella mattina lo stava tormentando con mille domande sugli ospiti presenti in hotel nel momento della scomparsa di Tonolli.

Lucia Guanzani, Guidone e Giovanni Viani fecero il loro ingresso proprio nel momento peggiore, quando il pover'uomo, le mani nei radi capelli, gridava rivolto all'ufficio alle sue spalle e invocava l'aiuto di un assistente.

«Ma povero caro, lei è stravolto!» lo blandì in inglese la nobildonna con fare materno porgendogli i documenti, nella speranza di fregare con classe la coda di musi gialli assiepata al bancone.

James la guardò. «Lei chi è, Milady?»

«Sono Lucia Guanzani, zia di Carlo Tonolli e ho fissato una suite e due stanze qui, proprio ieri da Milano.»

Udendo il nome di Tonolli i tre poliziotti, chinati sul registro dell'albergo, alzarono contemporaneamente le teste e gli sguardi verso la donna. Uno di loro l'apostrofò: «Ha notizie di suo nipote signora?»

«No. Purtroppo no. Per questo sono venuta di persona per saperne di più. Da voi, magari.»

«Lasci pure i documenti qui, insieme con quelli dei suoi accompagnatori», continuò l'agente. «Ma la prego, nelle prossime ore tenetevi a nostra disposizione come Mister Ghezzi e Miss Mac Neely che ora occupano la camera di Tonolli. Avremo bisogno senz'altro di parlare con voi.»

La contessa, Guidone e il Viani si scambiarono un'occhiata perplessa. «Almeno ci siamo evitati la coda», tentò di scherzare sottovoce Lucia Guanzani dirigendosi verso gli ascensori.

L'ironia del destino, per una volta, volle sorridere all'ignaro Tonolli perché Maria Grazia Bonelli giunse al Michelangelo proprio in quell'istante. La donna scorse subito gli agenti della polizia interrogare gli inservienti al banco del ricevimento e si bloccò nell'ingresso. S'irrigidì ancor di più non sapendo cosa fare. Se fosse passata davanti a loro, sarebbe stata certamente fermata e interrogata. Ricordò con sollievo di avere in tasca la chiave magnetica della sua stanza. Allungò le dita e la sfiorò. Bene. Poteva salire al suo piano in sordina. A capo chino si avviò verso gli ascensori sulla sinistra, ma quando riconobbe Lucia Guanzani in attesa si sentì mancare la terra sotto i piedi.

Che ci faceva lì quella befana? Forse s'era precipitata in soccorso del suo pupillo? Non perse altro tempo su quest'ultimo quesito e decise di salire a piedi. Sgattaiolò furtiva sulle scale ma, giunta al mezzanino, si sentì troppo intralciata dalla borsa di nylon.

Appena uscita dal *building* ai docks, ne aveva estratto le fiale e aveva buttato nell'Hudson l'incartamento del Traversi. Ora la sacca conteneva soltanto stracci e nessuno avrebbe potuto affermare che apparteneva a lei.

Così, prima di affrontare di nuovo la rampa, l'abbandonò gettandola in un grande contenitore per la biancheria sporca.

All'interno della borsa, Mayfair capitombolò e si ritrovò pancia all'aria avvolta dagli stracci. Sentendo mancare l'aria, si rigirò e iniziò a scavare per cercare una via d'uscita. Nonostante non trovasse alcun appiglio rigido per puntare le zampe, riuscì a individuare un pertugio nella zip. V'infilò il muso e spinse come si fosse trattato di una tana di topo. La cerniera corse quel tanto che le bastava per far uscire la testa e respirare un po' meglio. Si trovò immersa nel buio. S'impaurì e cercò vanamente di uscire dalla sacca spingendo con tutte le sue forze, ma la zip non cedeva di un millimetro. Iniziò a guaire disperata e a scavare a vuoto con l'unico risultato di spingere la borsa sempre più sul fondo del contenitore.

Improvvisamente il carrello della biancheria iniziò a muoversi, spinto da un inserviente della lavanderia e Mayfair s'immobilizzò.

L'uomo si diresse verso gli ascensori e schiacciò il tasto di prenotazione in salita.

Quando l'ascensore si aprì, Lucia Guanzani, Guidone e Viani, che stavano salendo alle loro camere, gli fecero spazio fra loro.

Scusandosi, il cameriere introdusse il grande contenitore e pigiò il tasto del secondo livello. Ormai senza fiato, Mayfair riconobbe la voce di Lucia Guanzani e, con le ultime forze a sua disposizione, ululò il suo disperato richiamo, tornando a scavare con frenesia nella borsa di nylon.

Donna Lucia stava dando disposizioni a Guidone per il

suo bagaglio, e non s'accorse di nulla. Fu invece Viani a cogliere un movimento anomalo contro la parete di tessuto del contenitore.

Si portò un dito alle labbra, si chinò e accostò l'orecchio al carrello. «Sssst...» Tutti tacquero di colpo e lo osservarono straniti.

«Attenzione. C'è qualcuno qua dentro», affermò in italiano all'inserviente che non capì una parola.

Lucia Guanzani lo blandì: «Mio caro Viani, come fa a dire una cosa del genere? Soltanto un neonato potrebbe star qui dentro, in mezzo a tutta questa roba!»

«Appunto... sssst...» Indispettito, Viani la zittì con un gesto della mano.

Tacquero di nuovo tutti. L'ascensore aveva raggiunto il secondo livello e si era fermato. Nel silenzio il flebile ululato della cagnolina fu udito da tutti. Senza una parola, l'inserviente tuffò le braccia fra lenzuola e asciugamani, li scostò, poi uno a uno li trasse fuori e li gettò per terra finché, proprio sul fondo, la sua mano sfiorò il muso di Mayfair.

«Oh, mio Dio, ma è Mayfair! Che ci faceva lì dentro?» sbottò la contessa. Viani prese fra le braccia la cagnolina che scodinzolò debolmente. La sua non era vera gioia. Non capiva perché Carlo non fosse lì con loro.

«Andiamo subito da Ghezzi e Bamboo», disse Viani. «Visto che sono qui ne sapranno qualcosa. La camera di Tonolli è la 614.»

48

Capiva perfettamente di essere in uno stato di torpore, quasi di semincoscienza ma, allo stesso tempo, sapeva di doversi muovere. Carlo si obbligò alla riflessione per recuperare un minimo di lucidità. Da quanto tempo giaceva in quello stato? E Mayfair? Il suo era stato davvero un piano insensato. Come poteva pensare che la cagnolina avrebbe potuto giungere indenne al Michelangelo? Sarebbe bastato un semplice gesto da parte della Bonelli, la ricerca di un qualunque oggetto nella borsa, e sarebbe stata la fine. In tutti i casi, sia che per un prodigio il cane avesse raggiunto Ghezzi, sia che fosse stato scoperto dall'assassina insieme al suo articolo, per lui esisteva un'unica possibilità: fuggire da quella stanza. Perché lei sarebbe tornata soltanto per ucciderlo. Non avrebbe mai più rimandato quell'appuntamento. Sarebbe stato troppo rischioso.

Provò ad alzarsi ma gli parve di pesare una tonnellata. La testa gli girava vorticosamente e la vista gli si era offuscata.

Appoggiandosi alla parete, raggiunse il bagno, fece scorrere l'acqua e si bagnò più volte la fronte e le tempie... si sentì un po' meglio, ma non avrebbe ancora potuto affrontare l'unica via d'uscita a sua disposizione, quella dalla quale era arrivato fin lì. Per scendere di nuovo da quella scala avrebbe dovuto attendere ancora di recuperare le forze. Controllò l'ora. Riuscì a mettere a fuoco: erano le otto di sera. Decise che sarebbe fuggito non più tardi delle nove. Trasse di tasca il coltellino svizzero: avrebbe approfittato di quel tempo per tentare nuovamente di liberarsi delle catene.

49

«Madame Guanzani, Mayfair... Dove l'ha trovata?» Bamboo stentava a credere ai suoi occhi quando sulla porta della stanza di Carlo vide il terzetto dei nuovi arrivati con la cagnolina.

«Oh, cara, è stato molto facile. In pratica ci ha trovati lei!»

«Presto! Entrate», intervenne Ghezzi senza troppi preamboli.

Sedettero tutti e cinque sul letto e osservarono Mayfair con quello strano involto legato attorno al collo.

Bamboo sciolse con dolcezza il nodo stretto, svolse lo straccio e, agli occhi di ognuno apparvero i foglietti riempiti fittamente dalla calligrafia di Carlo.

La ragazza iniziò a leggerli a voce alta, ma già dopo le prime righe Viani le strappò l'articolo dalle mani e si scaraventò al fax.

«No, direttore, aspetti!» Il commissario lo fermò e si appese a una manica del trench che il giornalista portava ancora addosso. «Il fax e il telefono di questa stanza sono controllati dalla polizia. Se vuole l'esclusiva dello *scoop*, dovrà dettare l'articolo da un cellulare. Da quello di Bamboo, se il suo non è un satellitare.»

«Ha ragione.» Mentre digitava il numero diretto di Marino Bianco, Viani si stupì della prontezza di spirito dell'ex commissario, sintonizzato ormai sulla lunghezza d'onda di Tonolli.

Il testo dell'articolo era agghiacciante, com'erano inquietanti le circostanze nelle quali l'avevano ricevuto.

Nessuno fiatò fino alla fine della telefonata che Viani concluse impartendo ordini precisi al suo subalterno. «Faccia riaprire la prima pagina e decida lei quale notizia sostituire con questa… Sì, lo so che siamo in ritardo di un'ora! Butti al macero le prime copie stampate e non mi rompa le palle. L'articolo di Tonolli *deve* essere pubblicato domani mattina. E, soltanto quando la *Tribuna* sarà in edicola, lei potrà faxare il pezzo al *New York Times*. Me ne frego se loro usciranno con un giorno di ritardo. Sono sicuro che quel pirla del Tinelli, se ora ricevesse l'articolo, avviserebbe immediatamente la polizia di Manhattan e lo *scoop* sarebbe perduto. Mi raccomando: aumenti la tiratura del 200% e preveda un'edizione speciale per domani pomeriggio. Infine, se deve comunicare con me, lo faccia soltanto attraverso questo numero di cellulare. Tutto chiaro?»
Bamboo si avvicinò a Viani e gli strinse le mani fra le sue. Era sgomenta. Ascoltando il pezzo di Carlo le era parso di sentire la sua voce, d'immaginare il suo stato d'animo, di percepire il suo pessimismo sulla conclusione della storia. «E ora? Non possiamo permettere che Carlo rischi tanto per il giornale. Che cosa vuol fare? Lo capisce che dobbiamo avvertire la polizia? » domandò accorata.
«Si farà quello che ho già detto io», Ghezzi prevenne pronto la risposta di Viani. «Solo, con un anticipo di quattro ore. Io *volo* a cercare Tonolli. La contessa, Viani e Guidone raggiungeranno subito le loro stanze e attenderanno di essere ascoltati dai poliziotti. Dovete far perdere loro del tempo», aggiunse rivolto direttamente ai tre interessati «… finché io non vi chiamerò, nel caso

ritenessi indispensabile l'intervento delle forze dell'ordine.»

«Allora andremo insieme», gli intimò Bamboo.

Il commissario le sfiorò il viso con una carezza. «No, Bamboo. Lei resterà qui. Se venisse con me daremmo troppo nell'occhio. E poi, è troppo pericoloso. Tonolli non sarebbe d'accordo.»

«Anche per lei sarà pericoloso andar là da solo.»

«Ma io non sarò solo. Ci sarà Mayfair con me.»

«Come dice?» sbottò Lucia Guanzani sbigottita.

«Certo. Mayfair verrà con me. Mai come ora Tonolli è stato in pericolo di vita. Quando domani uscirà il pezzo, per lui sarà la fine. L'assassina lo farà fuori senza esitazione...» *Se non l'ha già fatto*, pensò fra sé. «... Mayfair è indispensabile. Lei l'ha visto. Non so come, ma forse può condurmi da lui. E' solo un tentativo, capite? Un estremo tentativo. Mentre mi preparo, rifocillatela. Non mangia da due giorni.»

Ma Mayfair rifiutò cibo e acqua. Naturalmente non aveva capito il piano di Ghezzi, però *sentiva* che stava per tornare da Carlo.


Alla seconda rampa di scale, Maria Grazia Bonelli cambiò idea. Non poteva tornare in camera. L'albergo era presidiato dalla polizia e, soprattutto, minato da Lucia Guanzani. Anche se non si vedevano da anni, e seppure lei fosse dimagrita di quasi dieci chili dall'ultima volta che si erano incontrate, quella vecchia pettegola l'avrebbe riconosciuta di certo. Sedette su uno scalino per riprendere fiato e decidere il da farsi.

Forse, pensò, le conveniva far finta di nulla e presentarsi a sorpresa dalla figlia Anita.

Al Michelangelo si era accreditata con documenti falsi, utilizzando una carta di credito intestata alla Chase Manhattan Bank, un *bonus* ereditato insieme con la pensione del marito. Almeno per le prossime ventiquattr'ore- tempo minimo perché dalla banca risalissero a lei -non avrebbe corso alcun pericolo di essere riconosciuta. E poi, nulla avrebbe potuto fermarla ora. La follia s'era impossessata della sua mente. Non ragionava più. Sentiva vibrare nelle sue membra soltanto lo spasimo di portare a termine la sua incredibile sfida. Tutto sommato le bastava arrivare alla mattina dopo, quando sarebbe tornata da Tonolli.

Il giorno seguente era sabato, giornata non lavorativa per gli operai, e lei avrebbe potuto trattenersi con il giornalista finché avesse voluto. Ora poteva dileguarsi e abbandonare in camera i pochi, impersonali indumenti che aveva portato con sé.

50

Nonostante fosse riuscito ad aprire soltanto uno dei due lucchetti, alle nove precise, Carlo si rituffò nel tunnel stretto che portava alla scala dell'enorme cavedio interno. Quando rivide la ripidezza del percorso che lo attendeva, si sentì mancare. Oltretutto aveva ancora mano e piede destri incatenati e quindi pochissimo gioco per saltare dal varco al primo scalino raggiungibile. Ma, ancora una volta, non aveva scelta, pensò attaccandosi con ambedue le mani al maniglione e lasciando andare lentamente nel vuoto il resto del corpo. Come un pendolo, iniziò a ondeggiare a gambe unite verso la scala. Uno, due... tre! Raccolte tutte le forze, con uno slancio finale riuscì a infilare fra un piolo e l'altro il piede destro che, inevitabilmente, con uno strappo, si trascinò dietro anche la relativa mano incatenata la quale, a sua volta, arrancò sulla parete liscia fino ad aggrapparsi al piolo superiore. Sembrava un uomo ragno, così sospeso nel vuoto. Il cuore pompava da scoppiare, la testa era un mulinello, le forze iniziavano a cedere. Doveva farcela!
Si puntò sugli arti a destra e scattò con il lato sinistro... Ok! C'era. Era sulla scala, finalmente! Appoggiò la fronte al ferro e il fresco del metallo gli schiarì un poco le idee. E ora? Doveva soltanto sperare di trovare più sotto un altro passaggio come quello che aveva lasciato, altrimenti... non avrebbe potuto scendere di molto quella scala nelle condizioni in cui si trovava. No. Non doveva pensare, doveva soltanto agire.
E piano piano iniziò la discesa.

«Tornerò con lui», promise Ghezzi a Bamboo prima di lasciare la 614. Nascosta sotto al cappotto grigio dell'uomo, Mayfair sentiva un inarrestabile fremito di entusiasmo a fior di pelle ma non si mosse, quasi intuisse di non doversi far notare da nessuno.

Il commissario prese l'ascensore di servizio, passò dalla stireria e uscì dal retro. Aveva scoperto quel percorso dopo aver passato al setaccio ogni angolo dello stabile alla ricerca di Mayfair, e quella fu l'occasione giusta per verificarne l'efficacia.

Percorse quasi duecento metri a piedi e fermò un taxi soltanto quattro isolati più avanti, all'angolo con la Quarantasettesima. Dopo mezz'ora entrava senza esitazione nel *building* del Meat Market, affrontandone l'oscurità e l'atmosfera lugubre. Anche se avesse saputo dove trovare gli interruttori, non avrebbe potuto accendere le luci perché all'esterno avrebbe destato troppi sospetti. Accese la grande pila militare che aveva acquistato nel pomeriggio in uno store di Times Square e fu soddisfatto del potente fascio che immediatamente l'aggeggio sprigionò.

51

«Mamma!» Anita Carli abbracciò la madre e subito il pianto le annebbiò lo sguardo. «Finalmente sei qui. Ma che succede? Da dove arrivi?»

«Tesoro, hai un'aria terribilmente stanca», rispose la Bonelli con tono mondano. «Dovresti riguardarti di più. Ho pensato di venire a salutarti prima di andarmene ancora per un po'. Mi fermerei da te, questa notte. E' possibile?»

«Ma certo. Ero molto in ansia per te. Non sapere dove ti trovassi e poi sapere che sei in pericolo, che qualcuno ti minaccia...»

«Non drammatizzare come sempre, mia cara. Ora è tutto sotto controllo», replicò la madre evasiva.

La figlia spalancò gli occhi. «In che senso, scusa? Carlo Tonolli per questa faccenda è addirittura sparito. Lo stanno cercando dappertutto e sembra che l'assassina che sta inseguendo sia la stessa persona che ha ucciso Mattia e che ha preso di mira te. Ma chi è? Tu lo sai, vero?»

«Ti prego Anita, sono molto stanca. Ti ho già detto che mai e poi mai ti metterei in pericolo e, svelandoti quello che so, sarebbe inevitabile. Dimmi di te, tesoro. Sfruttiamo al meglio queste poche ore che possiamo trascorrere insieme. Cos'hai preparato per cena? Ho una gran fame.»

Anita stentava a riconoscere la madre. Stando a ciò che le aveva riferito Carlo Tonolli, avrebbe dovuto essere angosciata, e invece eccola lì, sorridente e melodiosa a far di tutto per sfuggire la realtà incredibile delle ultime ore.

Infine, la donna si convinse di dover attribuire all'amore materno l'intenzione di sua madre di evitarle ulteriori preoccupazioni e, cambiando argomento, l'accompagnò nella camera degli ospiti.

52

«E ora, Mayfair, proviamo il tuo famoso senso dell'orientamento!» Ghezzi depose la cagnolina a terra nel grande atrio del *building* e attese. Lei si diresse subito verso il montacarichi sulla sinistra, vi si fermò proprio davanti e si girò a guardarlo soddisfatta, dal basso verso l'alto.

Stupefacente, pensò il commissario. Mayfair sembrava mettere in pratica il detto: *"Ai cani manca soltanto la parola"*. Le si avvicinò e schiacciò il pulsante di chiamata. Dopo pochi istanti la grande saracinesca si alzò davanti a loro e Mayfair vi entrò. Lui la seguì e schiacciò il tasto del primo piano. Salirono, e quando la saracinesca si riaprì, la cagnolina non si mosse né ebbe alcuna reazione. Allora lui pigiò il secondo pulsante. Ma Mayfair non discese neppure a quel piano.

Ghezzi capì che il cane, lo sguardo fisso davanti a sé, era in attesa di riconoscere il piano giusto. E in effetti, fermata dopo fermata, il suo atteggiamento restò immutato per dieci piani. All'undicesimo, con improvviso slancio, Mayfair schizzò fuori nel buio e imboccò decisa il corridoio a sinistra. Ghezzi la seguì illuminando il percorso con la pila. Dopo una decina di metri, la cagnolina si fermò davanti a una porta di ferro e guardò di nuovo Ghezzi. Lui illuminò la scritta e i simboli sullo stipite e si scoraggiò: «No, mia piccola amica. Questa porta non conduce da nessuna parte: è soltanto un ripostiglio per estintori. E se non bastasse, è pure chiuso a chiave.» Si chinò per afferrare Mayfair, ma lei si scostò dalle sue mani e si rannicchiò contro la porta. «Ma allora insisti!» Ghezzi si spazientì e raccolse di peso la cagnolina dal pavimento. Lei gli affondò i dentini nella mano e tentò di gettarsi di nuovo a terra. Stupito dalla caparbietà di Mayfair, il commissario la pose di nuovo ai suoi piedi. Probabilmente, pensò, Mayfair aveva confuso la porta con un'altra, magari sistemata in un altro punto del corridoio.

D'altronde non poteva non tener conto della reazione del cane e provò a muovere la maniglia di quella porta. Mayfair uggiolò.

«Niente da fare. E' sbarrata. Proviamo più avanti, forse ti sei sbagliata», commentò Ghezzi a voce alta. La raccolse con tenerezza e lei, questa volta, lo lasciò fare con aria contrita. L'uomo percorse un'altra decina di metri, illuminando le pareti del corridoio finché non s'imbatté in un'altra porta. Piazzò di nuovo la cagnolina a terra e provò la maniglia. La porta si aprì facilmente, ma quando il commissario fece luce nell'interno, gli apparve soltanto una vecchia latrina senza finestre. Richiuse l'ambiente e sparò il fascio della pila sul pavimento per individuare Mayfair. Sparita. La cagnolina sembrava essersi dileguata nel buio, ma lui non si perse d'animo. Ripercorse a ritroso il corridoio fino alla porta del ripostiglio degli estintori e, come aveva immaginato, la vide lì, accucciata, che lo stava aspettando. «Va bene piccola. Mi hai convinto. Ora cercheremo di aprire questa stramaledetta porta, anche se non so proprio come.» Il cane lo guardò fisso e a Ghezzi sembrò di cogliere nei suoi occhi un'espressione di vittoria.

«Ma te ne vai già?» Erano le otto del mattino quando Anita incontrò la madre in cucina, vestita di tutto punto.
«Certo, amore. Subito dopo il breakfast. Fai colazione con me? Ho un aereo in partenza dal JFK alle dieci e trenta.»
«Dove andrai?»
Troppo tesa per il forzato autocontrollo dalla sera precedente, la Bonelli non riuscì a tenere a freno i nervi. Doveva essere libera di muoversi, non voleva dare più spiegazioni a nessuno. Aprì la porta della cucina e, prima di chiuderla con violenza sul muso della figlia, le rispose con una voce stridula che Anita non conosceva e che le mise quasi paura: «Ancora non hai capito? Devo pensare che hai gli stessi riflessi rallentati di tuo padre. Non saprai mai dove andrò, né quando tornerò!»

Alla stessa ora, nel suo ufficio, l'ispettore Kevin Monroe, a digiuno dal giorno precedente, stava per addentare un *muffin* gigante al cioccolato. Non fece in tempo a deglutire il primo, agognato boccone, che sentì bussare alla porta. «Avanti, chiunque sia. Sono pronto a tutto», bofonchiò come poteva.
La porta si aprì e gli si palesò un collega più anziano, con l'aria sfatta di chi non dorme da un paio di giorni.
«Ciao Kevin. Mi dicono che ti stai occupando tu del caso Carli. Quell'italiano fatto fuori da una suora.»
«Sì, perché? C'è qualcosa di nuovo?»
«Non so esattamente che cosa c'entri, ma ha appena telefonato il responsabile di un'impresa di costruzioni

che sta ristrutturando un edificio nel Meat Market. Questo tizio denuncia la scomparsa di un operaio. Sembra che l'indirizzo di questo *building* sia stato indicato in un articolo di un giornalista italiano, Carlo Tonolli, molto interessato per l'appunto all'omicidio Carli.»

L'investigatore scattò in piedi e con aria rassegnata gettò nel cestino il *muffin* appena iniziato.


Madre e figlia avevano fatto colazione senza rivolgersi la parola. L'una innervosita dall'atteggiamento protettivo della figlia, l'altra scioccata dal tono arrogante della madre e dal mistero che sembrava circondarla. Ancora silenziose, si avviarono verso l'ingresso, e Maria Grazia Bonelli desiderò con tutta se stessa che la fine di quell'interminabile incontro giungesse al più presto. Aveva già chiamato l'ascensore quando entrò un cameriere e si avvicinò ad Anita porgendole un cordless.

«E' per lei Milady. L'ispettore Monroe del distretto di Park Avenue.»

La Bonelli stentò a soffocare un sussulto. «Non dire che sono qui», mormorò alla figlia con sguardo minaccioso.

Senza riuscire staccare gli occhi dalla madre Anita rispose a Monroe. «Buonasera ispettore... No, non ho notizie di mia mamma.» La voce le tremava e guardò la donna al suo fianco come se non l'avesse mai vista prima di quel momento. «Sì, quello stabile era di nostra proprietà. Le vecchie mappe sono introvabili. Forse sono andate perdute... l'ho già detto al responsabile dell'impresa. D'accordo. Le cercherò di nuovo, ma non le assicuro di trovarle entro un'ora.»

«Che succede, tesoro?» le domandò la madre, di nuovo soave, quando Anita riagganciò.

«Dovresti dirmelo tu mamma. Sembra proprio che tu non voglia agevolare le indagini della polizia. Perché?»

«Non essere sciocca. Cos'ha detto quel poliziotto?» insisté la Bonelli.

«Ha detto che fra un'ora faranno irruzione nello stabile del Meat Market alla ricerca di Tonolli. Sembra sia scomparso un probabile testimone oculare che ha incontrato là il giornalista, l'altro ieri, il giorno in cui ha dichiarato di avere un appuntamento nel *building* con l'assassina. Il responsabile dell'impresa ha riferito alla polizia di averci richiesto le vecchie mappe catastali, ed è vero. Malgrado ciò, io non ho idea di dove siano e comunque non ho avuto il tempo di cercarle.» D'istinto Anita evitò di confessare alla madre di aver permesso a Ghezzi di cercare le carte a casa sua. «Monroe vorrebbe che le trovassi entro un'ora. Tu puoi aiutarmi?»

«Ma certamente, cara. Più tardi ci penseremo. Abbiamo ancora tempo. Perché non mi accompagni per un tratto? Potremmo andare a bere un caffè alla pista di pattinaggio del Rockfeller Center, come quand'eri piccina.»

Non era stato affatto facile sfondare quella porta di ferro. Ghezzi non aveva attrezzi con sé e perse più di due ore nello stabile buio alla ricerca di un qualsiasi oggetto da poter utilizzare come piede di porco. Per fortuna s'era rifornito di pile di ricambio per la torcia militare che si rivelò di fondamentale importanza. Mayfair non si era scollata da quell'ingresso, mentre lui aveva setacciato tutto il piano e anche quello sottostante, finché, alle tre del mattino aveva scovato in un ripostiglio la borsa degli attrezzi di un elettricista. Infilò la punta di un cacciavite fra lo stipite e il pannello della porta e fece forza più che poté. Nulla. Optò per un pezzo di filo di ferro largo come uno spaghetto che inserì dentro la serratura tentando di farla scattare. Ancora nulla. La porta sembrava saldata a fuoco dentro il muro. Mayfair seguiva in silenzio ogni sua mossa. Ghezzi la osservò: non sembrava per nulla scoraggiata, anzi. I suoi occhi di carbone brillavano nell'ombra e gli trasmettevano una totale fiducia nelle sue capacità umane. Sembrava addirittura che lo spronasse a non desistere.

E Ghezzi si ritrovò a pensare che non avrebbe potuto deluderla. L'ultima chance era smontare la serratura. Frugò all'interno della borsa e trovò quello che faceva al caso suo: un piccolo trapano elettrico. Scelse la punta giusta e attivò l'arnese puntandolo nelle saldature. Impiegò più di un quarto d'ora a togliere il tamburo della maniglia ma subito dopo l'uscio si aprì e Mayfair schizzò all'interno del locale. Sembrava, in effetti, semplicemente un ripostiglio per grandi estintori, ma Mayfair dimostrò le sue ragioni iniziando a grattare fra le bombole allineate contro la parete di fronte a loro. L'uomo non si fece domande e ubbidì alla cagnolina. Spostò uno per uno gli estintori finché gli apparve un'altra porticina chiusa da un chiavistello senza lucchetto. La spalancò e attese di assistere a ciò che già supponeva. Mayfair varcò la soglia senza esitazione e s'incamminò lungo un breve corridoio, fino a un'altra porta, questa volta chiusa a chiave. Con trapano e cacciavite, Ghezzi aprì facilmente la vecchia serratura, e in pochi istanti uomo e cane si ritrovarono nel bagno attiguo alla stanza che aveva ospitato Tonolli per due giorni. Come impazzita, Mayfair annusò in ogni angolo, girò su se stessa, entrò nella camera adiacente e guaì riconoscendo la sedia, il cartoccio con il panino e la lattina di birra inviolati e ogni altra traccia della presenza di Carlo. Poi, di colpo, si arrestò. Guardò fisso Ghezzi, rizzò le orecchie e, come attratta da un elastico invisibile, si fiondò nel cunicolo che conduceva al cavedio.

«Aspetta! Ho capito che lui era qui. Ora lo ritroveremo… dove vai?» Il commissario si piegò sulle ginocchia e seguì la cagnolina in quel budello, finché non la scorse con il muso inclinato in basso, in bilico verso un orrido di cemento.

Aveva lasciato Anita profondamente addormentata da una super dose di sonnifero, accasciata su una panchina del pattinaggio del Rockfeller Center. «Non potevo fare altrimenti. La mia missione deve proseguire, neanche mia figlia mi può fermare. Anita capirà più avanti l'importanza delle mie azioni.» Camminando a passo spedito, Maria Grazia Bonelli farfugliava sottovoce, scuotendo il capo chino, vittima di se stessa e della sua alienazione.

Sulla Quinta, fermò un taxi e comunicò all'autista l'indirizzo dell'ex stabilimento di macelleria al Meat Market: «… ma passiamo prima da "Barnes&Nobles", in Lafayette street. Mi dovrà attendere per qualche minuto.»

Entrata nella libreria, raggiunse subito l'espositore dei quotidiani internazionali e cercò nelle file secondarie *La Tribuna del Lario*. Quando individuò il giornale il sangue le ribollì nelle vene. Quasi tutta la prima pagina era occupata da un articolo firmato *"Mayfair"*, corredato dall'ingrandimento della vecchia fotografia della sua patente. Il titolo era strillato a corpo massimo:

*"Da New York: il nostro inviato nelle mani dell'assassina*
*MARIA GRAZIA BONELLI CONFESSA A MAYFAIR*
*TUTTI I SUOI DELITTI"*.

La donna ripiegò con destrezza il giornale e, automaticamente, cercò nella prima fila dell'espositore il *New York Times*. Per fortuna il quotidiano americano, così come tutti gli altri giornali, questa volta non riportava lo stesso pezzo. Sospirò sollevata. Ma come aveva fatto quel dannato a fregarla sotto il naso? Acquistò le uniche tre copie della *Tribuna* e uscì correndo. In taxi cercò di ritrovare la calma. In fondo, considerò, aveva tutto il tempo di eliminare Tonolli e poi fuggire. Da molti anni aveva previsto un piano di fuga d'emergenza in Messico e metterlo in pratica in poche ore non le sarebbe stato difficile.

56

*Non devo pensare... Dio fa che il mio cervello si anestetizzi per un'ora.* Di quanti piani era disceso in quelle ore? Carlo non riusciva a stabilirlo. Sapeva soltanto che, di quando in quando, ogni quaranta scalini circa, apparivano sulla parete alla sua sinistra varchi identici a quello che aveva lasciato. E finora ne aveva individuati tre. Avrebbe dovuto cercare di raggiungerne uno ma le sue membra fremevano di dolore e un'allarmante sensazione di gelo gli aveva invaso tutto il corpo. Non ce l'avrebbe fatta a saltare di nuovo come una cavalletta. Doveva fermarsi per un po' e riposare, ma sapeva che le braccia non l'avrebbero retto per molto. Contorcendosi su se stesso, slacciò con una mano la cintura di cuoio e la riallacciò con grande fatica attorno a un piolo della scala. Equilibrò il peso, scaricando un poco la tensione delle mani. Un minimo aiuto per la sua scarsa resistenza che gli avrebbe consentito una breve sosta.


Ghezzi era ormai certo che Tonolli fosse volato nel vuoto di quel cavedio. L'atteggiamento di Mayfair era più che esplicito: il percorso del giornalista finiva lì. Osservò la scala e, come ultima speranza, volle pensare che forse l'uomo aveva tentato di fuggire da quella via. Ma anche se così fosse stato, a che punto della discesa si trovava ora Tonolli? Lui non sarebbe stato in grado di affrontarla per constatarlo e neppure poteva pensare di ritentare, per ogni piano sottostante, i percorsi corrispondenti a quello che l'aveva condotto lì. Quante porte sbarrate da sfondare avrebbe trovato?

Mayfair spostò lo sguardo dal cavedio a Ghezzi, come in attesa che l'uomo si decidesse ad agire.

Lui guardò l'orologio: mancavano dieci minuti alle otto del mattino. Calcolando la differenza di fuso, stabilì che ormai, in Italia, la *Tribuna* era in edicola da ore. Non gli restava altro da fare se non chiamare Bamboo al Michelangelo per far intervenire la polizia. Avrebbe impiegato pochi minuti a uscire per telefonare da una cabina pubblica. Afferrò Mayfair ma lei annaspò, si divincolò, tentò di mordergli le mani, cercò di buttarsi per terra dimenandosi come un'anguilla. «E va bene! Scenderemo piano per piano e ispezioneremo i locali corrispondenti a questo, porte permettendo. Ma ti concederò al massimo mezz'ora di ricerca prima di telefonare, capito?»

Mayfair capiva solo che Ghezzi la stava allontanando da quel luogo, e continuò a contorcersi stretta fra le sue braccia.

Il commissario scese al piano sottostante e trovò il ripostiglio degli estintori. Sbarrato. Riprese il montacarichi e scese di un altro piano. Il nono. Affrontò correndo il corridoio fino al punto dove avrebbe dovuto trovare lo stesso locale. Niente da fare. In quella zona le pareti erano ancora al rustico. Tornò di corsa al montacarichi. Era sfinito e l'agitazione di Mayfair peggiorava il suo stato di spossatezza. Giunse nel corridoio dell'ottavo con le gambe che non lo reggevano più. Ma subito notò che lì il locale degli estintori c'era. E, sorprendemente, con l'uscio già spalancato.


Davanti alla porta forzata del ripostiglio degli estintori dell'undicesimo piano, la Bonelli pensò per un attimo che Tonolli fosse un allievo di Houdini. No. Impossibile. Non avrebbe potuto aprire quella serratura dall'interno senza gli attrezzi adatti. Chi diavolo era stato lì, allora? Entrò nella stanza che aveva ospitato Tonolli già sapendo di trovarla vuota. La rabbia le rimontò al cervello e soltanto in quel momento fece mente locale che, al suo arrivo nel *building*, dalle luci sulla pulsantiera il montacarichi risultava fermo al nono piano. Ciò significava che, la persona misteriosa o lo stesso Tonolli, s'erano fermati a quel livello. Era evidente che il giornalista non demordeva. Non gli bastava averla smascherata, voleva addirittura catturarla. L'odio e la follia le ottenebrarono la mente. Stava per richiamare il montacarichi quando si accorse che era già in movimento. Stava scendendo… si stava fermando all'ottavo. Pigiò con forza il pulsante di chiamata e, con un ghigno beffardo, gridò: «Ti ucciderò Tonolli. Non ce la farai mai a uscire di qui. Soltanto io conosco questo posto!»


«Mac Neely? Sono Monroe» Il tono sbrigativo dell'investigatore schiaffeggiò l'apatia di Bamboo.
«Mi dica.»
«Ha letto il pezzo di Tonolli sulla *Tribuna* di oggi?»
«Non ancora»
«Balle. Non so perché, ma potrei giurare che addirittura

ne abbia letto l'originale. Comunque deve sapere che da questo momento lei è indagata per occultamento di prove in omicidio, insieme con Ettore Ghezzi, Lucia Guanzani, Giovanni Viani e Guido Rizzotti. Un consiglio in più: dal momento che lei è di nazionalità americana, le conviene recuperare in fretta un avvocato.»

«Non me ne importa proprio nulla. Piuttosto, ha notizie di Carlo Tonolli?» domandò seccata la ragazza.

«Sto per andare con una squadra di pompieri al Meat Market a recuperarlo. Lui, o più prevedibilmente il suo cadavere.»

«La smetta di fare il cowboy», rispose lei con un singhiozzo e, senza dargli il tempo di contestare la sua decisione, aggiunse d'un fiato: «Ci vediamo là. Arriverò il più presto possibile.»

57

Ghezzi non aveva ancora varcato la soglia del ripostiglio che udì il montacarichi rimettersi in funzione. Il commissario si fermò in attesa, infilò la cagnolina in una tasca del cappotto e si nascose dietro un pilone. Dopo pochi istanti vide comparire la donna nel corridoio e soffocò un'espressione di meraviglia: era l'ospite della camera 615 del Michelangelo! Si acquattò ancora di più nel suo angolo e con la mano serrò il muso di Mayfair pregando che la cagnolina non emettesse alcun mugolio.
La Bonelli imboccò decisa il corridoio a sinistra e lui la seguì. Per una buona mezz'ora lei perlustrò ogni anfratto del piano finché raggiunse la porta del ripostiglio degli estintori. Sembrò riflettere prima di decidere se fosse il caso di entrare. Pochi istanti dopo Ghezzi la vide impugnare una pistola e introdursi di soppiatto nel locale e poi la sentì scostare le bombole. Si sporse di qualche centimetro dal suo nascondiglio e poté osservarla mentre sceglieva da un grande mazzo una lunga chiave di ferro. Udì scattare una serratura, lasciò passare qualche minuto, e la seguì. Superò la porta lasciata aperta dalla Bonelli e si ritrovò a percorrere alle spalle della donna un itinerario del tutto simile a quello dell'undicesimo piano che conduceva alla stanza-prigione di Tonolli e di là al cavedio.


Prima di lasciare il Michelangelo, Bamboo e Viani avevano raccomandato a Guidone di non perdere di vista la contessa Guanzani. Nonostante avessero cercato di minimizzare la telefonata di Monroe, Donna Lucia aveva intuito che Carlo si trovava in grave pericolo ed era caduta in uno stato di profondo sconforto. In poche ore, aveva dovuto metabolizzare la notizia che la sua amica Maria Grazia era una pericolosa criminale e che probabilmente suo nipote rischiava di essere annoverato fra le sue vittime.

«Non dovevo lasciarlo partire per New York. In clinica, quel giorno, ho preso troppo alla leggera il suo racconto...»

Guidone cercò di tranquillizzarla. «Ma come avrebbe potuto immaginare questa intricata faccenda, contessa? Come poteva pensare che la signora Bonelli fosse quella che è?»

Bamboo la baciò sulle guance e si forzò di non comunicarle la sua angoscia. «Cerchi di appellarsi al suo innato ottimismo, contessa. Lo riporteremo a casa, vedrà!»

Raggiunse Viani che l'aspettava sulla porta e insieme uscirono di corsa. Una macchina li stava aspettando all'ingresso dell'hotel e in meno di venti minuti si trovarono al *building* del Meat Market proprio nello stesso momento in cui arrivava l'ispettore Monroe.

«Allora?» lo apostrofò Bamboo allarmata.

«*Allora?* Prima di tutto lei non dovrebbe essere qui. L'edificio non soltanto è circondato, ma è pure pieno come un uovo di agenti e di pompieri. Non dovrei dirlo a voi ma, attraverso le vecchie mappe dello stabile, fortunatamente ancora conservate in copia al catasto, abbiamo scoperto tre possibilità di fuga dal palazzo e le abbiamo subito presidiate. Io ho deciso di appostarmi in fondo a un antico cavedio interno, dove abbiamo già trovato i cadaveri di Fabio Traversi e dell'operaio scomparso ieri, ambedue citati nel pezzo di oggi di Tonolli. Evidentemente quella è la via più battuta dall'assassina.»

«Possiamo venire con lei?» gli domandò Bamboo stringendosi a Viani in cerca di conforto.

«No di certo, Miss Mac Neely. E' troppo pericoloso. E poi è sicura di voler assistere allo spettacolo? Potrebbero attenderci scene non troppo piacevoli...» concluse l'investigatore con imprevista tenerezza.

Bamboo scoppiò in lacrime e gli sussurrò: «La prego, ispettore, non disturberò il vostro lavoro. Mi terrò in disparte, ma voglio essere presente a ogni costo.»

Suo malgrado, l'americano cedette a quella richiesta così accorata. «Seguitemi. Ma ricordate di non oltrepassare per alcun motivo le transenne dei pompieri. Ok?»

Bamboo annuì, si asciugò le lacrime con il palmo della mano e si sforzò di sorridergli.

*Ma perché non riesco a veder piangere una bella donna?* si domandò Monroe imbarazzato passandosi una mano sulla testa rapata.

58

Ghezzi non poteva seguire l'assassina anche nel basso cunicolo che portava al cavedio, sarebbe stato troppo visibile. Dunque, quando lei strisciò là dentro, lui si piazzò sulla soglia della porta d'accesso tendendo al massimo le orecchie.

Nella sua tasca Mayfair si stava agitando sempre di più e lui, esasperato, la tirò fuori con l'intenzione di tenerla stretta fra le braccia. Ma la cagnolina si divincolò, riuscì a sfuggirgli e, in una frazione di secondo, s'infilò dentro il budello.

*Accidenti!* Ghezzi imprecò fra sé preparandosi ad affrontare carponi il cunicolo. Aveva percorso appena un metro che udì la donna gridare.

«Sei qui, bastardo! Ora è davvero finita per te. Da questa storia non ne uscirai vivo!»

Tonolli era lì! Il commissario strisciò per altri due metri dentro quel budello con il fiato in sospeso. Come aveva supposto, il giornalista aveva tentato la fuga dal cavedio. E ora, a qualunque punto della scala si fosse trovato, non avrebbe più avuto scampo. A quel pensiero rabbrividì. Trattenne l'impulso irrazionale d'intervenire subito e si spinse ancora più avanti per raggiungere un punto d'azione ideale.


In effetti, Tonolli si trovava a due metri sotto l'ottavo piano, a due metri esatti dalla canna di quel revolver. *Sono spacciato*, pensò con orrore nell'attimo in cui vide la Bonelli roteare la testa verso di lui, paonazza in viso, fuori di sé. Ciononostante, notando che la donna si stava pericolosamente sporgendo dall'apertura sull'orrido, il giornalista riuscì a ritrovare un estremo sprazzo di freddezza.

Doveva tentare di disturbarla, innervosirla. Doveva rischiare di farle perdere ancora di più il controllo dei movimenti. L'unica sua speranza era che quella pazza perdesse l'equilibrio e cadesse nel vuoto…

«Prima di spedirmi all'altro mondo, non vuoi sapere come ho fatto a mandare il mio articolo al giornale? E' stato il mio cane… Mayfair! Dì la verità: ti abbiamo fregato. Abbiamo fregato l'assassina del secolo!»

Ma tutta la sua ironia sfumò in un istante. Mentre con aria sfrontata sfidava la Bonelli, Carlo si accorse con terrore che vicino a lei c'era Mayfair. Per fortuna l'assassina non sembrava averla ancora notata. Con angoscia si domandò come la cagnolina fosse arrivata fin lì e cercò di non guardarla per non pilotare in quel punto l'attenzione dell'assassina.

La donna fremette. «Vuoi che creda alle assurdità che dai a bere ai tuoi lettori? Qualunque cosa tu dica ora non ha alcun interesse perché non servirà, tesoro, a salvarti la vita.»

Puntò la pistola in direzione della testa di Tonolli e lui notò che la sua mano tremava. In quel mentre, Ghezzi giunse felpato proprio alle spalle della Bonelli e i suoi occhi trepidanti incontrarono quelli sempre più gelidi di Carlo. L'intenzione del commissario era quella di tentare il tutto per tutto pur di salvare l'amico e Tonolli lo intuì proprio dal suo sguardo. Per dissuaderlo, scosse brevemente il capo da destra a sinistra, intimandogli un indiscutibile *no*. Troppo rischioso avventarsi su di lei. Ormai l'assassina era sempre più in bilico sull'orlo dell'abisso di cemento e se Ghezzi l'avesse colta di sorpresa lui e Mayfair sarebbero di certo caduti con lei.

Ma il commissario non gli obbedì. Con un grido spaventoso si slanciò in avanti proprio mentre lo sparo rimbombava dentro al cavedio. Contemporaneamente Mayfair si avventò ringhiando contro la donna e Ghezzi cadde faccia a terra e non fece in tempo ad afferrare né l'una né l'altra. Impotente, si trovò costretto invece a guardare la Bonelli e la cagnolina che volavano nel cavedio e con la mano si schermò gli occhi, improvvisamente pieni di lacrime.

«Nooo!» A Tonolli sembrò che una freccia infuocata si fosse conficcata nell'avambraccio sinistro ma non staccò gli occhi dalla Bonelli e da Mayfair. Senza riflettere, slacciò la cintura dal piolo e, reggendosi alla scala soltanto con una mano, si gettò con metà del corpo nel vuoto, nell'assurdo tentativo di fermare la caduta di Mayfair. Ma il dolore al braccio era insopportabile e la sua mano, quasi fosse quella di un altro, mollò la presa. Tonolli annaspò, tentando invano fino all'ultimo di riafferrare un improbabile appiglio.

Cadde, e mentre veniva risucchiato nel vuoto, si abbandonò all'oblìo e l'unica sensazione che provò fu lo stupore di non aver paura. In un attimo riuscì a pensare alla sua vita e gli apparvero gli occhi innamorati di Bamboo, quelli adoranti di Mayfair...

Ai piedi del cavedio la detonazione risuonò sinistramente. Da quel preciso momento, gli avvenimenti si accavallarono a ritmo frenetico. Monroe fece un segnale con la mano e i pompieri si aggrapparono all'enorme telone imbottito puntando con forza i piedi a terra. I dieci agenti schierati alle loro spalle spianarono le armi, agili e silenziosi come gatti.

A cinque metri di distanza da loro, oltre le transenne, Viani coprì con la mano gli occhi di Bamboo e strinse la ragazza con forza. Bamboo gli si avvinghiò con disperazione e nascose il viso nella sua giacca. Non ce l'avrebbe fatta a resistere... si tappò le orecchie con le mani ma quando avvertì il tonfo di un corpo sul tappeto, le gambe le cedettero e si accasciò fra le braccia del giornalista. Premette ancora di più le mani sulle orecchie ma, lo stesso, udì le grida degli agenti che chiamavano un gruppo di infermieri con le barelle... Sentendosi mancare il respiro, alzò lo sguardo interrogativo al volto di Viani.

«E' la Bonelli», sussurrò lui senza staccare gli occhi dalla scena.

Come una marionetta senza fili, l'assassina s'era schiantata sul telo e mentre il suo corpo rimbalzava, fu la volta di Tonolli e subito dopo di Mayfair.

Bamboo continuava a fissare gli occhi di Viani quasi a voler catturare ogni riflesso delle sue emozioni. E con il cuore in gola, osservò attonita il volto del giornalista decontrarsi gradualmente per aprirsi all'improvviso in un largo sorriso, finché, contro il suo congenito *aplomb,* l'uomo non lanciò un urlo di gioia.

Viani strinse ancora più forte la ragazza, fino a farle

male. Gridò di nuovo e la baciò sulle guance.

«Sono salvi! Bamboo, salvi! Ora può guardare! Ora può andare da lui!»

Incredula, la ragazza si staccò, gli voltò le spalle e si avvicinò con passo incerto al telone.

Non riusciva a credere a ciò che vedeva. L'uomo della sua vita era sdraiato proprio nel centro del tappeto imbottito e, sul suo petto, Mayfair mulinava la codina impazzita.

«Carlo!» gridò Bamboo fra le lacrime.

Lui abbracciò la cagnolina poi, con il suo irresistibile sorriso da ragazzo, si girò e strizzò un occhio al viso disfatto di Bamboo.

«Ciao amore, sei libera stasera? Non ho tempo di farmi la barba però…»

**Ringraziamenti**

Un romanzo viene concepito dall'idea di un autore ma prende vita soltanto per l'apporto e il sostegno, a volte anche inconsapevoli, di molte altre persone.

Desidero premettere che, da parte mia, i ringraziamenti hanno tutti il medesimo valore, dunque non c'è alcuna priorità in ciò che segue se non quella inevitabilmente determinata dall'elenco.

Un grazie di cuore va al mio grande amico e primo lettore Alessandro Nodari che, forte del suo impegno nella ricerca biologica, mi ha consigliato e supportato nella descrizione di un veleno molto attuale: la ricina.

Per la connotazione tipologica del *serial killer* al femminile, ringrazio invece la dottoressa Ina Candida.

Voglio ricordare con particolare affetto quattro strenui sostenitrici delle mie capacità di "giallista" (forse un po' di parte?): le amiche Anna Delli Ponti, Cristina Pessina, Carla Orena e Gabriella Aluigi.

Sono grata a mia madre (sicuramente di parte!) che ha apprezzato senza riserve il secondo "Mayfair", sorbendosi la mia lettura a voce alta della prima stesura. Operazione utilissima all'autore che, in tal modo, si può accorgere meglio di eventuali imprecisioni della trama.

Dal canto loro, Carlo Tonolli e Mayfair ringraziano tutti i lettori che, decretando il successo del primo episodio, hanno permesso loro di vivere insieme una nuova esaltante avventura nella città più bella del mondo.